猫神様が
恋心預かります

フドワーリ野土香　Földvári Nodoka

アルファポリス文庫

https://www.alphapolis.co.jp/

序章　雪の夜の参拝者

　ふわり、ふわりと羽毛のような雪が降りてきた。空を泳ぐように舞い、遊んでいる。小さなひとつひとつに、命が吹き込まれているみたいだった。

　目の前に漂（ただよ）う雪に、つい手を伸ばしてしまった。触れたら消えてなくなる。一瞬だ。わかってはいるけれど、やっぱり触らずにはいられない。もどかしい。

　どうりで寒いわけだ。そうか、初雪か。

　あくびをすると、雪よりも濃く白い息が目の前に広がった。

　雪がそっと鼻先に乗る。白い姿を確かめる前に、オレの体温であっという間に溶けて消えた。でも、まだ鼻先に残っているみたいに冷たい。オレの尻尾（しっぽ）が微（かす）かに揺れる。

「恋なんて……」

　女の声がした。耳元で囁（ささや）かれたみたいに、ゾクッとした。全身の毛が逆立（さかだ）つ。

　びっくりして、声のした方を見る。人間の気配なんて、さっきまでなかったのに。

「恋なんて、いらない」

　女は覚束（おぼつか）ない足取りでゆっくりと鳥居を越え、社（やしろ）の方へ近づいてくる。

女は身体を小刻みに震わせながら、賽銭をそっと投げ入れた。そして言った。「もう二度と、恋はしません」と。

「だからどうか……お願いします」

賽銭箱の前で女はしゃがみ込み、空を見上げる。降雪はさらに勢いを増し、あらゆるものを白で染めていった。女の吐く息が見える。もう日暮れなのに明るく見えるのは、雪のせいだろうか。

黒い髪に、腫れた瞳。頬には涙の跡。ここに来るまでにずいぶんと泣いたようだ。女にそっと近寄ると、オレの首輪の鈴が揺れた。


――リン。


女と目が合う。

「あなたが……猫神様？」

自分でそう言っておいて「そんなはずないよね」と哀しそうに微笑んだ。

女は震える指先をオレに伸ばす。

触らせてなるものか。

オレは尻尾をゆらゆら揺らして、警戒している素振りを見せた。

女はなにを思いついたのか、肩にかけていた鞄の中に手を入れる。カサカサと音がした。すぐに、小袋を取り出す。煮干しだ。

若い姉ちゃんの鞄から煮干し。なんで、そんなもの。

女は笑顔で「ほら」と煮干しをオレに差し出して手招きしている。心の中で散々バカにしてから、煮干しを口に銜（くわ）えた。

女から、小さな光の玉が踊るように飛び出す。それは雪とじゃれ合いながら漂うと、オレの首輪の鈴の中へと消えていった。

「雪みたいに、真っ白だね」

煮干しを食らうオレを見て言い、女は立ち上がった。さっきとは別人のような足取りで、神社に背を向け去っていく。オレはただじっと、女の後ろ姿を見送った。

煮干しの味が口いっぱいに広がる。うまかった。

第一章　猫神様と泣きぼくろ君

「恋が叶いますように」

単純すぎる願いだな。

「ソウスケくんと結婚できますように」

相手の意見あっての結婚だろうが。

「あたしの気持ちに振り向いてくれますように」

知らん。自分で伝えろ。

人間の悩みは尽きないらしい。ひとつ叶えば、またひとつ。欲深い生き物だ。

毎日人間は飽きもせず、努力もしないでオレのところへ来て賽銭を投げ、むちゃくちゃな願いを吐いていく。だが、願いをかける形だけはしっかり守る。鈴を鳴らし、二回礼をし二回手を叩き、願いを言ってまた礼をする。神社の前の鳥居で礼をする人間も多い。人間は、神様仏様と願うのが本当に好きな生き物だ。

見てわかる通り、オレは猫である。しかし「吾輩は猫である」と言った猫とは違う。ただの猫ではない。神様だ。

猫はネズミを捕まえる。今も昔も変わらない。神社が建てられたばかりの頃は、病や害を食べる神様と呼ばれ、祀られていた。しかし時代は過ぎ去り、時と共に変わっていく。平和をもたらす神だったオレが、いつしか恋を叶える猫神様と呼ばれるようになっていった。

「ご飯ですよ」

山盛りの飯を両手にやってきたのは、公子だ。今朝はいつもより早い。

にゃあ、うにゃ、と丸まって寝ていた猫たちが、一斉に尻尾をピンと立てて公子にすり寄っていく。

公子が目を細めると、目尻に年季の入った太い皺がはっきり浮かんだ。

皺が増えた手で、オレの頭を撫でた。公子の手が一番撫でられて気持ちがいい。この節が太い公子の手に撫でられたときだけ、ついゴロゴロと喉が鳴ってしまう。

オレの社――野良神社には神主がいない。代わりに近所に住む公子が、神社の掃除をしている。誰からも頼まれていないが、公子のばあさんの代から善意でやってくれている。オレたち猫の世話もそうだ。ちゃんと朝と夜の二食、飯の用意をしてくれている。

もともと、名もない小さなボロ神社だった。野良神社と呼ばれるようになったのは、昔から野良猫が居ついていたからだ。野良だけじゃない。飼い猫もたまにエサをもらいに来る。ここは、猫が居つく猫神社なのだ。今はオレを入れて五、六匹くらいの猫たちが神社を住処にしている。

公子とは、生まれたときからの仲だ。頑固で、おてんば娘。小さい頃は母親に叱られ泣いたり神社の中を駆け回っていたりしていた。それがどうだ。今じゃもう、腰が曲がった白髪の立派なばあさんだ。このご時世なのに、孫が八人もいる。公子の楽しみは、年に数回孫たちが遊びにやってくることだ。

なぜわかるかって？

孫たちが遊びにやってきたときの飯は、いつにも増して豪勢だからだ。

人間の寿命は短い。花みたいだ。幼かった公子はあっという間に年を取り、いつこの世を去るかもわからない。オレのように長生きするのがいいこととは思わないが、それにしても人間の命は短すぎる。公子がこの世を去ったあと、誰が神社の管理をしてくれるのだろうか。公子の子どもたちは、みんなこの地を離れている。神社はなくならないだろう。でも、願いをかけに来る人間たちは知らない。野良神社は、公子あっての神社だということを。

願いをかけていく人間たちの声は、どこにいても聞こえる。神社にいてもいなくても、だ。オレは、いつも人目（ひとめ）につかない神社の片隅（かたすみ）でひっそり願いを聞いている。公子が作ってくれた座布団（ざぶとん）があって、のんびりするのにちょうどいい。これが日課だ。野良猫たちはみんな人馴れしているので、猫に癒（い）やされに来る人間もいる。でもオレは、人に撫でられるのが好きではない。だから誰にも邪魔されない場所で、人間たちをじっくり観察させてもらっている。

一言言っておくが、オレは他の猫たちとは違う。飯を食ってゴロゴロして、毎日気楽に過ごしているわけではない。人間の言葉だってわかる。「ご飯」とか「おやつ」の言葉だけを知っている、普通の猫と同じにしないでもらいたい。しっかり、ちゃんと、人間の言葉の意味を理解している。これでも、一応神様だ。

オレにとって人間は、二種類に分類される。ひとつは、自分自身で願いを叶えられる人間だ。大抵の人間は、自分に無力さを感じている。自分に与えられた力量を知らない。だから、神頼みなんてしたがる。

でも、オレに言わせればほとんどの人間がこのタイプだ。自分の願いは自分で叶えられる。ここへ来て願いをかけ、自分自身で願いを成就させて「神社のご利益だ」と喜ぶ。そして噂を広めてくれる。野良神社は恋愛成就の神社だ、と。毎日、商売繁盛である。

そういった奴らが願いを叶えられる力があっても叶えられないただひとつの理由は、諦めだ。自分の力量を自分で勝手に決めてしまう。結果、願いは叶わない。

もうひとつのタイプの人間は、自分ではどうにも願いを叶えられない奴らだ。オレの仕事は、自分で願いを叶えられない人間の手助けをすること。だが、さっきも言った通り、このタイプの人間はほとんどいない。だからあんまりにも退屈で死にそうになったときに限り、分け隔てなく平等に神として人間の手助けすることもあったり……なかったり。

それからもうひとつ。恋に破れ、傷を負った人間の痛みを取り去るのもオレの仕事だ。特にひどく傷ついた人間は、オレの元に恋心を置いていく。時間をかけて傷を癒やし、また恋がしたいと思ったとき、持ち主に返してやる。「恋なんてもう二度としない！」と恋心を置いていっても、取りに戻ってくる人間がほとんどだ。恋なんてもうしないなんて、大嘘だ。ただ稀に、本当に二度と戻らない奴もいる。よっぽどひどい目に遭ったんだろうな。

　恋に関する悩みは尽きないし、恐ろしい数の人間が日々願いをかけていく。頭が爆発しそうだ。できれば普通の猫みたいに、飯のことだけ考えて日がな一日ゴロゴロしていたい。オレの願いを叶えてくれる奴は、いないのか。

　さて、実はここ数年、オレは仕事をしていない。くだらない恋の願いばかりで、仕事する気さえ起きないっていうのが本音だ。だいたい、みんな自分で叶えられる願いだ。神頼みなんてしてないで、てめえで叶えやがれ。

　それでも一応神様だ。なにかしら仕事はしなければならない。それならば、誰の願いを叶えるか。人間の見た目や願い事から、さっき言ったふたつのタイプを見極めるのは難しい。とりあえず、願いの内容に耳を傾け続けるしかない。

「お願いお願いお願い、お願いっ」

お願いという言葉だけを、延々と心の中で繰り返している。

　面白い奴が来た。

「お願いします！　お願いお願い……」

お願いの、中身を言え。

　そっと、男の顔を社の陰から覗く。見たところ、十代後半くらいだろうか。茶色い髪、右の目元にはほくろ。きょうはずいぶん寒い。それなのに、泣きぼくろ君は上着も着ないで擦り切れたトレーナー姿で必死に願っていた。寒さのせいか、頬が赤い。それとも興奮しているのか。

「お願いお願いお願いお願いお願い、お願いします！」

　だから、お願いの中身はなんだ。

　泣きぼくろ君は、手のひらから火でも起こせそうなくらい、一生懸命こすり合わせている。それからすぐにパッと顔を上げると、口元をだらしなく緩め、神社を立ち去った。これで、願いが叶ったと勘違いしているのだろう。

　こうして見ていると、人間の表情は面白い。眉間に皺を寄せ真剣に願う奴もいれば、形だけ祈ってなんにも願わない奴もいる。ご丁寧に名前と住所まで伝えてくれる奴までいる。泣きぼくろ君のように、願ったあとにニヤついて帰る奴も多い。願ったあとにニヤついて帰る奴は、ここに願いに来たらなんだって叶うと勘違いしているので、大抵は叶わない。

　結局、泣きぼくろ君は「お願い」だけかけていって、中身は言わなかった。

　バカだな。願い事の詳細を心の中ででも言わなきゃ、さすがに神様だって叶えられないだろうが。

しかし、面白い。

神社を訪れる男女を比例すると、圧倒的に女が多い。特にここは恋愛成就の神社だ。年齢に幅はあるが、女ばかりがやってくる。たまに男も来るが、大抵はカップルで訪れる。「いつまでもラブラブでいられますように」という、自己満足的な願い事をして帰る。そんなもの、願い事でもなんでもない。

丁寧に全身を毛づくろいして、満足したら眠ることにした。面白そうな奴が来たけれど、きょうもオレの出番はなさそうだ。

「三十歳になるまでに結婚させて！　お願いっ！」

まずは相手を見つけろ。そこまでオレの世話になるつもりか。

……やれやれ。

昼間はうとうとしていても、人間たちの願いが頭の中でひっきりなしに聞こえてくる。眠れない。目を閉じたまま、ただ人間の声だけを聞いていた。

夕方になると、また公子がやってくる。夕飯の時間だ。

「今夜はちょっと冷えるねぇ。温かくするんだよ」

撫ですぎず、足りなさすぎない。ちょうどいい撫で方。公子のよしよしは、日本一だ。他の猫たちにとっても、公子は特別な様子だった。

食べ終わり、満足しながら夜空を見上げる。月が大きく、まん丸だ。雲の途切れから月が顔を覗かせるたび、この小さな神社をぼんやり照らす。風が吹くと、木々が揺れた。なにかを囁き合っているみたいに聞こえる。

都心の真ん中にある野良神社には、星の光が届かない。それでも、冬だけは違って見える。夏の星よりも、冬の星の方が輝いて見えるのはなぜだろう。都会の光に埋もれる夜空でも、星が美しく瞬く。「空気が冷たいと星が綺麗に見えるのよ」と公子は冬がやってくるたび必ず言っていた。本当だ。

囁き合う木々の向こうから、荒い吐息が聞こえた。誰か、来る。

気配を消すなんて微塵（みじん）も考えていない足音が、近づいてくる。

たまに、夜中に人目を避けるようにして願いをかけに来る人間がいる。そういう奴らは、自分ではもうどうしようもできないと切羽（せっぱ）詰まって、最終手段として神頼みしに来る。願いを叶えてほしい人間か、はたまた夜の神社に身を隠す変態か。どちらかだ。

鳥居をくぐり、やってきたのは泣きぼくろ君だった。一瞬、なぜか公子かと思った。どことなく匂いが似ている。でも、全くの別人だ。

「……もう俺、神様にしか頼ることができないんです」

なんだ。泣いているのか。

顔中ぐちゃぐちゃにして、泣きぼくろ君はしゃくり上げながらオレに頼み込んだ。

「お願いします。どうしても俺、彼女を諦められないんです。彼女じゃなきゃ、ダメなんです……」

片想いの女がいるのか。昼間にちゃんと願い事の詳細を言ってくれたらよかったのに。

オレが願いを叶えるのは簡単だ。願い事の詳細を聞き、あくびをひとつしてから右耳の後ろを掻けばいいだけ。嘘だと思うかもしれないが、本当の話だ。もっとも、叶えられるのは恋の願いだけだけどな。

泣きぼくろ君は、子どもみたいに泣きながら賽銭箱の前に蹲った。苦しそうに泣いて、しゃくり上げている。あまりに痛ましいその姿に、つい、頭を手でポンと叩いた。

「……へ？」

涙と鼻水まみれの顔で、オレを見る。目が、バチッと合った。

「猫ちゃん……どうしてこんなところに」

泣きぼくろ君は涙と鼻水を袖で拭い「よいしょ」とオレを持ち上げた。

やめろ、下ろせ！　……っちょ、鼻水つくだろ！

「首輪ついてるじゃん。飼い主さんは？」

さてはこいつ、猫神様の存在を知らないでお参りに来たな。

「飼い主さん、捜してあげるよ。きょうは寒いし。俺の家に来なよ」

さっきまで泣いていたのに、今は笑っている。忙しい男だ。

オレは泣きぼくろ君に抱きかかえられたまま、野良神社をあとにした。野良猫たちは、のんきに眠ったままだった。

第二章　三窪恭介（みくぼきょうすけ）は全力で恋をする

無我夢中で、走った。空気が冷たい。肺が痛む。それでも足は動き続ける。自分でもどうして走っているのか、よくわからなかった。

暗い夜道に寂しく街頭が灯る。人気（ひとけ）のない道路の白線だけを頼りに、とにかく走った。涙のせいか街頭の明かりが霞（かす）んで見えた。

行く当てはない。ただ、走っているだけ。走れば、なんだって忘れられるような気がした。でも無理だ。海に浮かぶ流木のように、言葉が頭の中にぷかぷかと浮かんでいた。

——ごめんなさい、気持ち悪いです。

気持ち悪い。きもちわるい。キモチワルイ。

俺――三窪恭介の中で言葉が幾度も変換されて、ぐるぐる回っていた。

うおおおおおおお！　と叫びたくなる。叫んでも、言葉が消えるはずがない。

急に、視界がスローモーションになった。ああ、俺、転んだんだ。転んでるんだ、今。

頭の中では、いたって冷静だった。

べちゃっと地面に叩きつけられると、懐かしい痛みが全身に広がった。子どもの頃は、よく転んで泣いたっけ。どうでもいいことを、不意に思い出した。

恋愛成就の神社の前だった。友達の杏子ちゃんから「恋が叶う神社だよ」と聞いていた。昼間、告白が成功するよう願掛けしに行ったのに。叶うどころか玉砕ではないか。しかも、なんでこんなところでちょうどよく転ぶんだ。

池谷邑子さんは、俺にとって可憐に咲く一輪の花みたいな存在だ。

「初めて会ったときから好きでした！　付き合ってください！」

嘘偽りのない、心から素直に出た言葉だった。誰かが本気で気持ちを伝えたらそれは必ず相手に伝わって、叶うものだと信じていた。

……しかし。

「ごめんなさい」

彼女は、俺の目を一切見なかった。チラッとも見てくれなかった。

断られたって、俺は気にしない。告白は一回だけと法律で決まっているわけではない。何度だって挑戦できる。だが次の瞬間、爆弾は落とされた。

「気持ち悪いです」

俺のなにがいけなかったのか。なにを間違えたのか。どうして気持ち悪いと言われてしまったのか。

震える足で、鳥居をくぐった。暗がりでも赤い鳥居は目立つ。昼間はたくさんの人がいたけれど、日が沈むと寂しさが溢れている。それに、サラサラと音を立てる木々と夜の社に薄気味悪さも感じた。

「……もう俺、神様にしか頼ることができないんです」

ポケットの中に手を突っ込んで、五円玉を探した。さっき、コンビニでお茶を買っておいてよかった。お釣りの中にちょうど一枚だけあった。

「お願いします。どうしても俺、彼女を諦められないんです。彼女じゃなきゃ、ダメなんです……」

俺は、両手を合わせながら願った。

これがおとぎ話だったら。俺が王子様で、邑子さんはお姫様だ。善は勝つし、悪は負ける。絶対的なハッピーエンドがある。必死に願って顔を上げた瞬間、神様が現れて俺の願いを叶えてくれる。そう、ランプの魔神みたいに。三つも願いを叶えてくれなくていい。たったひとつだけ。邑子さんと両想いになる。それだけでいい。残りのふたつの願いは、誰かにあげたっていい。どっかのアニメみたいに、魔神を自由にすることだってできる。

俺のなにがいけなかったのか。そうだ、思い返してみよう。初めから。最初に出会ったときから。

＊＊＊

邑子さんは、俺がアルバイトとして勤める店の常連客だった。俺のバイト先は書店で、レンタルＤＶＤや書籍を取り扱っていた。

邑子さんに出会ったのは忘れもしない、今年の春。桜はもう散り、青々とした葉だけが残る季節だった。

今でも鮮明に覚えている。書店に入った瞬間から、邑子さんはひとりだけスポットライトを浴びていた。

このとき人気絶頂だった『いとしく想う』が店に大量入荷され、邑子さんはその本を手に取っていた。本を持つ彼女の指の一本一本が美しかった。

書店員が本の感想を書いて客の購買欲を高める『いとしく想う』のＰＯＰには、〈こんな純愛、今はない。あなたも誰かのことを想ってみたくなる一冊！〉と目を引くよう大きく書いてあった。彼女はそれをじぃっと、穴が開くほど見つめていた。

彼女が手に取って戻した本を、俺が買った。大量に山積みにされた本の中でも、邑子さんが触れたただ一冊だけ、大粒のダイヤモンドのように輝いて見えた。鉱山から宝石を掘り当てたような気分だった。

本を立ち読みしていた邑子さんの横顔が、忘れられなかった。本を見つめる儚げな眼差しと、黒く長い漆黒の髪。黒髪をより強調したのは、しっとりとした白い肌だ。まるで、現世の白雪姫のように見えた。桜の花びらのような爪先も、脳裏に焼き付いて離れない。

邑子さんが去ったあと、俺はどうしても彼女にこの胸の高鳴りを伝えたかった。思い切って、ＰＯＰに付け足した。〈この前立ち読みしていたお姉さん。横顔がとても素敵でした〉と加えたら、店長に「次やったらどうなるかわかるな」と言われてしまい、しぶしぶ元に戻した。さすがに、バイト先を失うわけにはいかなかった。

一目惚れなんて、絶対にしないと思っていた。一目惚れとはつまり、外見に惹かれただけだから。でも実際は違う。邑子さんに一目惚れしてよくわかった。彼女の美しさは、外見だけではない。彼女の内面からにじみ出る美しさが、外見をより輝かせているのだ。あんなに美しい人が、性格ブスなはずがない。おしとやかで、上品で、きっと誰に対しても優しい。地上の天使とはまさに、彼女だ。

俺は話したこともない邑子さんに、絶対的な、根拠のない自信を持っていた。

邑子さんは、週に数回バイト先に現れた。最初は、見ているだけでよかった。きょうは来るかな、あしたはどうかな、と毎日そればっかり考えていたくらいだ。

でも次第に、見かけるだけでは不満になっていった。

声をかけたい。話したい。近づきたい。

夏休みが始まる前、俺は邑子さんにどうやって声をかけようかとうずうずしていた。居ても立っても居られない。日に日に増していく自分の中の想いを、もう留めておけなかった。しびれを切らし、担当でもないのに邑子さんがレジに向かったとき、すかさず横入りをしてレジを打った。

「この前『いとしく想う』を立ち読みしてましたよね？」

「そう……でしたっけ……？」

小さい声でそう言って、お金を払うと逃げるように帰ってしまった。

「ナンパしてんじゃねぇぞ」

三浦さんにコツンと頭を叩かれる。あれは結構痛かった。本気だったと思う。

三浦さんは社員さんだ。大学を卒業後、二年ここで働いている。

「……すみません。でも、どうしても声かけたくて」

「俺もやったことあるけど、男性店員が女性客をナンパするのは結構難度高いぞ」

今度は三谷先輩が言う。その言葉に、三浦さんはため息をついた。

「お前らがそういうことするから、俺もバカ呼ばわりされるんだよ」

三窪、三浦、三谷。俺たちは合わせて、バカ三トリオと呼ばれている。

「でも俺、彼女が好きなんですよ」

「一目惚れだろ。結局顔じゃん」

三谷先輩に、痛いところを突かれた。思わず「うっ」と胸のあたりを押さえる。

「でもでも、一目惚れって実際は内面からこう、ぐっとなんか、ぐっと来るもの、あるじゃないですか」

「……お前、なんか変態っぽいよな」

三浦さんは、彼女がいない歴イコール年齢な人らしい。女性スタッフたちにそう囁かれているのを聞いた。本人には、怖くて本当のことかどうか聞き出せていない。

「今度、俺の大学の後輩と合コンやるんだけど、お前も来いよ」

「遠慮します。三浦さんを誘ってください」

「彼女、だいぶ年上だろ？　もっと若くていい子、いるって」

このとき三谷先輩はまだ就活中だった。就活が終わったらバイトで稼いだお金を使って、卒業旅行は優雅に海外へ行くらしい。学生最後、パーッと遊ぶための女も必要だと言っていた。

「年上とか年下とか、関係ないですよ」

年齢を引き合いに出すなんて。恋愛は、年齢ではない。好きという気持ちがすべてだ。

「はい、目の前で堂々とさぼるな。しゃべるなら、休憩時間。合コンとか遊んでばっかりいたらダメだからな」

三浦さんは休憩へ行った。本当は、合コンに誘ってもらえなかったことが悔しかったのだろう。普段はふざけていても怒らないのに、恋愛が絡む話になると注意してくる傾向がある。現に、この後しばらく口を利いてもらえなかった。合コンの主催者は俺じゃないのに。とんだとばっちりだ。

「お前、今いくつだっけ」

「二十歳（はたち）です」

「仮に、あの人が三十五とかだったらどうするんの？」

「なにがいけないんですか。いいじゃないですか、三十五」

三谷先輩は「マジかよ」と身震いしていた。

そんな会話をした後に、まさか三谷先輩の合コンで邑子さんの妹——池谷杏子ちゃんと出会うことになるとは、思ってもみなかった。もうこれは絶対に、神様が俺を全面的に応援してくれているとしか思えなかった。

兄弟姉妹がいるかいないかを当てるという、その場で生まれたゲームをしていたときだった。俺の隣に座っていた小柄な女の子は、見るからに甘えん坊そうで、ひとりっ子かもしくは妹タイプだという話になった。

「七つ離れたお姉ちゃんがいるよ」

「めっちゃ離れてるじゃん」

俺は場を盛り上げるための、当たり障りのない会話を誰とでもしていた。その子は「お姉ちゃんとよく似てるって言われるんだ」と一枚の写真を見せてくれた。

そこに写っていたのが、俺がどうしても名前が知りたかった彼女だった。

「……え、これお姉ちゃん？」

「うん、似てるでしょ」

俺は思わず杏子ちゃんの手を握った。できれば、ハグだってしたかった。

「きょう、ここへ来てよかったぁー！」

力いっぱいガッツポーズ。

池谷邑子さん。二十七歳。職業は事務。今は実家を出て、ひとり暮らしをしているらしい。杏子ちゃんと話して、これだけの情報を手に入れた。

杏子ちゃんが笑うと、まだ見ぬ邑子さんの笑顔を簡単に想像できた。俺が話しかけると警戒されてしまうし、いつも険しい表情で購入する本を選んだりしているから、笑顔が見てみたかった。

確かに、杏子ちゃんは邑子さんとよく似ている。でも、ふたりは全然違うタイプだろう。杏子ちゃんは栗色のショートカットで笑顔がよく似合う、太陽みたいな子だ。邑子さんは、月明かりのような、優しくしっとりとした美しさ。ふたりは間違いなく美人姉妹だが、その美しさは対照的だった。

大変失礼なことと承知しつつ、俺は正直に杏子ちゃんに訳を話した。お姉さんに一目惚れしたこと。話しかけたけれどうまくいかず、どうしたらいいか困っていたこと。杏子ちゃんは、真剣に俺の話を聞いてくれた。すぐにお互い連絡先を交換した。「あたしが仲を取りもってあげるよ」と言って、合コンの数日後に邑子さんと会って話せるようセッティングしてくれた。

突然ふたりだけで会うのは難しいので、まずは俺と三谷先輩、杏子ちゃん、そして邑子さんの四人でご飯でも食べに行こうという話になった。和洋折衷（わようせっちゅう）なんでもある店で、デザートも豊富だ。好きなだけソフトクリームを盛り付けられるし、ワッフルも焼ける。大きなチョコレートの噴水（ふんすい）まであった。チョコレートフォンデュと言うらしい。でも、邑子さんの反応は微妙だった。杏子ちゃんによると、邑子さんは人見知りが激しく、物静かなタイプらしい。趣味は読書と映画鑑賞。

「ご、ご趣味は？」

好きなものをそれぞれ皿に盛り、席についてすぐに沈黙が流れた。なにか話さなくては、と思わずそんなバカな質問を投げかけてしまった。

「なに言ってんだよ、お前」

隣に座る三谷先輩が小声で言い、脇腹を突いてくる。

「ふたりは、駅前の本屋さんでバイトしてるんだって」

すかさず、杏子ちゃんが話題を変えてくれた。

「お姉ちゃんよく行くよね、あそこの本屋さん」

「……うん」

邑子さんの皿には山盛りのサラダ、トマト多め。ドレッシングはかかっていない。ヘルシー志向か。

「トマト、お好きなんですか？」

俺が訊ねると、邑子さんは一瞬フォークを止め、口角だけ無理やり少し上げた。どっちだ。好きなのか。嫌いなのか。いや、嫌いならトマトは取らない。やっぱり好きなんだ。

「ちょっと来い」

着席してまだ五分と経っていないのに、俺は三谷先輩に引きずられ、退場した。

トイレに行き、手洗い場の前で「顔を洗え、なんなら水をかぶれ」と言われる。素直に言われた通り、顔を洗った。

「ちょっとは冷静になったか」

「俺はいつも冷静ですけど」

「バカ。さっきの会話じゃ、誰も落とせねぇよ」

三谷先輩は、なぜさっきの会話じゃダメなのか事細かく話し始めた。まず、人見知りするような女性には直接声をかけると逆効果だと言った。特定の人ではなく全員にひとつの質問をすることで、無駄にプレッシャーをかけずにすむのだという。それから、女性が食べている物に対して言ってもいい言葉は「美味しそう」と「美味しい」だけなのだとか。

「女っていうのはな、初対面の男と飯を食うときは気を使ってんだよ。なるべく自分を可愛く見せるために、普段は選ばないような料理を頼む場合もあるんだ」

早口でそう言って、ふぅっとため息をついた。

「華奢（きゃしゃ）な子がたくさん食べて、『よく食べる子です』ってアピールすることもあるけど。とにかく、人見知りタイプの女に、勢いよく接近するな。嫌われるぞ」

俺にはさっぱりわからなかった。どうして思ったことを聞いてはいけないのだろう。

「わかったらさっさと顔拭いて、席に戻れ。あとは俺が話すから、お前はそれに合わせろ。それくらいできるだろ？」

　席に戻ってから三谷先輩が話し、俺はずっと「そうですね」「すごいですね」と合わせた。杏子ちゃんが邑子さんに話を振り、邑子さんがイエスかノーで返事をするという会話が延々と続いた。最後になって、全員で連絡先を交換し合った。

　連絡先を手に入れてから、俺は決まって毎日だいたい同じ時間帯に連絡した。直接会って話すのが苦手なら、まずはメールからでもいい。文章でなら、きっと気持ちを表現しやすいと思った。

　時々返事が来たり、時々返事が来なかったりする日々が、一か月ほど続いた。ちょうど夏だったので頭の中では、花火大会、夏祭り、海、バーベキューと盛りだくさんの行事を邑子さんと共にする妄想をしながら、俺の暑い夏は過ぎていった。現実は、バイトばかりの日々だった。

　夏休みが終わって大学が始まる頃、俺は思い切って邑子さんをデートに誘った。しかし、あっさり断られた。映画に誘ったがハードルが高かったのか。だったら、と次は「お茶でも」と誘ってみた。それも断られた。ならば、きっと今は忙しい時期なんだろう。そう思って一か月後にまた誘ってみた。しかし返事は同じ。

　そこからずるずると、メールだけの日々がまた続いていった。進展させたいが、どう進めていいのかわからない。

　夏が終わり、秋がやってきた。木の葉が少しずつ色づいてくるのを見ていると、だんだんと気持ちが焦っていく。いつまでメールの返事を待つ日々が続くのか。俺は邑子さんと、このまま一ミリも距離が近づかないまま終わってしまうんじゃないか。なにか、行動に移さなければ。俺は救世主に連絡を入れた。

「お姉ちゃん、本当に人見知り激しいんだよね。彼氏なんて、ずっといないよ」

　救世主は杏子ちゃんだ。一番邑子さんの近くにいて、邑子さんをよく知っている。

「もう気づいてると思うんだけどね、恭介くんの気持ちには」

「ってことは、俺には望みなし？」

　その一言を否定するわけでも肯定するわけでもなく、杏子ちゃんはカフェオレを飲んで「あたしにいい案があるよ」と言った。

　杏子ちゃんの計画は、こうだった。

　杏子ちゃんが仕事終わりの邑子さんと待ち合わせをする。そこに、偶然俺が通りかかる。そんなタイミングで邑子さんの携帯に杏子ちゃんから急に用事ができて行けなくなったと連絡が入る。すっぽかされた形の邑子さんを俺がどこかに誘って、思い切って告白するというものだ。本当にうまくいくのだろうか、と不安になったが、杏子ちゃんが背中を押してくれた。決行日はきょうだった。

ついさっき、俺はいかにも偶然を装い、邑子さんと会った。びっくりしていたけれど、計画されたものとは一切疑っていないみたいだった。しかし、杏子ちゃんから来られなくなったと連絡が入り、電話を切ったとたん、邑子さんは帰ろうとした。慌てて俺は引き留めたが、「どこかでゆっくり話でも」なんて雰囲気にはならなかった。俺がいけない。俺が、そういう雰囲気を作るのが下手くそだったからだ。

だからどうしようもなくなって、告白だけした。

そして現在に至る、わけである。

＊＊＊

もっと時間をかければよかったのか。俺が猪突猛進しすぎたのか。それとも、願いのかけ方を間違えたか。

杏子ちゃんから、恋に効く神社——野良神社の話を聞いた。邑子さんと会う前に、願掛けしに行った。

でもやっぱり、願いなんて叶わないじゃないか。

賽銭箱の前で、蹲る。

辛い。痛い。苦しい。身体の中が痛い。いや、外も痛い。あちこち痛む。

恋って、失恋したときって、こんなにも痛いのか。いいや、さっき転んだからか。ズボンの上から膝を触る。たぶん、出血しているだろう。

声に出して願いを言うなんて、バカみたいだ。

涙と鼻水でぐちゃぐちゃになった顔を拭おうと、頭を上げた。そのとき、柔らかいなにかが俺の頭に当たった。

風が吹いて、耳元で鈴の音が聞こえた。綺麗な、澄んだ音が響く。

猫がいた。真っ白で、雪みたいな猫だ。赤い首輪に金色の大きな鈴。瞳は青い。まるで宝石が埋め込まれているみたいだ。

「猫ちゃん……どうしてこんなところに」

子猫だろうか。身体はまだ小さい。両手に収まりそうなくらいだ。それなのに、抱き上げるとずっしり重たかった。

「首輪ついてるじゃん。飼い主さんは？」

大切に育てられたのだろう。きっと、捜しているはずだ。こんなにも可愛い子猫を捨てるはずがない。

「飼い主さん、捜してあげるよ。きょうは寒いし。俺の家に来なよ」

きょうは少し寒い。これからもっと冬は深まっていく。ニャンコのおかげで、俺はちょっと温かくなった。

神社を出たところで、ズボンのポケットが震える。電話だ。

「どうだった？」

杏子ちゃんだ。

「玉砕でした！」

明るく言ったが空元気になってしまって、杏子ちゃんが心配そうに訊ねてきた。

「大丈夫？　今からそっち行くから。こういうときは、話すに限るよ」

「もう遅いし、俺は大丈夫」

「なんかてきとうに、元気の出るもの買っていくね」

杏子ちゃんの声が消え、またしんと静かになる。

俺のアパートは学生に格安で提供しているボロ屋だ。でも、俺みたいに親からの仕送りをもらわず、バイトだけでやっている人間には大変ありがたい。

ペットはもちろん禁止だ。でも飼うわけではない。だから、ちょっとくらい……と思っているが、やっぱりダメだろうか。

早く飼い主を捜さないと。きっと、今もどこかで必死に捜している。首輪もつけているから、飼い主がいるのは間違いない。どこかに名前とか住所とか、書いてないだろうか。首輪を探るが、なにもない。それにしても猫にはやっぱり、鈴なんだな。

頭を撫でようとすると、うぅーと唸って触らせてくれない。猫は人には懐かないと聞いたが、今まで猫と触れ合ったことも飼ったこともないからよくわからない。触らせないわりに、大人しく抱かれているのはなんでだろう。

猫は家に入れるとぴょんっと手をすり抜けて、部屋の中をうろつき始める。匂いを嗅いだり、尻尾をゆらゆらと揺らしていた。

しばらく経って、杏子ちゃんが来た。ふたりでは食べきれないくらいたくさんのお菓子とお酒とおつまみを、わざわざ買ってきてくれた。

「ありがとう。俺なんかのために」

「こういうときは、飲んで話すと楽になる」

「見かけによらず、おっさんみたいだね。杏子ちゃんって」

どうぞ上がって、と杏子ちゃんを部屋に上げると、部屋の汚さに初めて気が付いた。

「ごめん。俺、最低だ」

「全然気にしないから、大丈夫」

散らかった物を足で隅の方へ押しやる。部屋の真ん中の小さなこたつテーブルに載っている物は、すべてベッドへ放り投げた。ベッドの上も汚い。服は山積みになっているし、部屋の掃除も最近ずっとしていない。こんな部屋に女の子を呼ぶなんて、失礼なんてものじゃない。

「さぁ、飲んで。気が済むまであたしに話してよ」

　杏子ちゃんは汚い俺の部屋にちょこんと座り、こたつに足を入れた。俺は慌ててこたつのスイッチを入れる。

　杏子ちゃんは袋の中から缶酎ハイを二本取り出し、一本開けると俺に渡した。そして自分の分も開けた。

「ありがとう」

　一口飲もうと傾けた瞬間、ぎゃっと杏子ちゃんが悲鳴をあげた。

「足になんか当たった！　なにっ？」

　こたつの布団を上げ、中を覗き込む。そこで見た物に今度は別の悲鳴をあげた。

「可愛いっ！　真っ白な猫ちゃん！」

　杏子ちゃんが抱き上げようと手を伸ばす。白猫は小さな身体を捩り、するりと手から逃げ出した。

「猫、飼ってるの？」

　俺はうーんと唸った。拾った、では語弊があるし、誘拐だと思われたら嫌だ。

「それが、さっき神社で偶然見つけて。首輪をしてるから、飼い主がいると思って保護したんだ」

「神社で猫ちゃんかぁ。しかも白猫。なんかご利益ありそう。猫神様だったりしてね」

　そんなわけないか、と杏子ちゃんは酎ハイを一口飲んだ。

「猫神様……？」

「え？　知らないの？」

「知らねぇの、お前だけだぞ」

腹の底から出したみたいな、低いおっさんの声。明らかに、杏子ちゃんの声ではない。

「……今、なにか言った？」

「え？　だから、知らないのって」

部屋を見回す。テレビもついていない。当然、おっさんもいない。隣の住民の声でもなさそうだ。両隣は確か、俺と同じ学生だったはず。

「お前に話しかけてんのは、オレだ」

小さなふわふわの白い毛糸玉みたいな猫が、俺を見上げている。目がくりっくりだ。髭（ひげ）がヒクヒクしている。

こんな可愛い猫が？

いや、こんな可愛い猫という以前に、猫がしゃべった？

いやいや、猫、おっさんみたいな声だったけど？

「……ごめん、やっぱりちょっと……ひとりになりたいかも」

どうやら俺は、さっき相当ひどく転んだらしい。幻聴がする。

「そうだよね。ごめんね、押しかけちゃって」

「いや、そうじゃないんだけど……とにかく、ごめん」

杏子ちゃんは「気にしないで。また話したくなったらいつでも連絡して」と言って、買ってきてくれたものは全部プレゼントしてくれた。

俺は何度も何度も謝って、杏子ちゃんをドアの前で見送った。

ドアが閉まり、部屋が静まり返る。

さっき、頭なんて打ったかな。

そうだ。きっと、失恋のショックと日頃の心労が祟(たた)ったんだ。だから、幻聴がしたんだ。

「それじゃ、今からオレと反省会だな」

白い猫が、こたつテーブルの上に座ってこちらを見ている。

「うわあああああ⁉　なにっ⁉」

「女みたいに騒ぐな。なにって、どう見たって猫だろうが」

「いや、そうじゃなくてっ！」

部屋の中をぐるぐる歩き回る。冷静になれ。冷静に。落ち着け、俺。

猫がしゃべった。猫がしゃべった。猫が……しゃべった。しかも、猫なのにおっさんみたいだ。というか、これは本当に猫なのか。

「ちょ……なんで、しゃべれんの？」

「昼間来たときも、面白い奴だなぁと思ったけど。本当に面白いな、お前」

「昼間？」

昼間は大学に行って、バイトに行く前に神社へ寄った。大学にしゃべる猫はいない。神社でもしゃべる猫には会っていない。

「神社に来て、願っただろ。お願いお願いお願いって。お願いしか言ってなかったけどな」

目を細め、口元が少しぷくっと膨れた。

笑っているのか？　それは笑っている顔なのか？

俺は猫をじっと見た。

「見てんじゃねぇよ」

低い声で言われると、相手が猫なのにちょっと怖い。すみません、と一言謝った。

「おう。ちょっとそこの酒、オレに注いでくれよ」

「じゃ……じゃあ、本当に、神様……ですか？」

杏子ちゃんの飲みかけの酒を、ふわふわの手で手招きしている。

見ているだけで、ご利益がありそうだ。

「あ、あの！」

俺は震えまくる手で猫神様に酒を注ぎながら、話しかけた。

「そんなコップじゃ飲めねぇだろうが！　皿、持ってこい！」

慌てて立ち上がり、汚れて散乱した食器の中からきれいめな皿を取り出す。

「そうですよね！　飲めないですよね！　すみませんでしたっ！」

震えが止まらない手でもう一度、酒を注ぐ。

「久しぶりの酒だぁ。公子の奴、酒だけは絶対に持ってこないからな。それに、最近のお供えものは猫缶やらの猫用のエサばっかりで、もうそろそろ飽きてきたところだった」

「猫缶……ですか」

猫神様は、杏子ちゃんが買ってきた袋の中にすっぽり頭から収まり、中からおつまみ用のサラミを銜えて顔を出した。

「これも、皿に出してくれ」

「はいっ」

サラミと他のおつまみも全部皿に並べて、差し出す。猫神様は小さな赤い舌をペロッと出して、サラミに噛みついた。

「あの、それで、俺の願いなんですが……」

「ああ、そうだったな。お前、名前は」

「三窪恭介です！」

まるで魔法のランプを手に入れたみたいな気分だ。俺、こんなにラッキーだったっけ？

「じゃあ、お前の願い、言ってみろ」

「はい！」

これで、俺の願いは叶う。邑子さんと両想いになれる……！

俺は猫神様の前に正座して、鼻から大きく息を吸い込んだ。吐き出すと共に、大声で猫神様に願いを言った。

「俺、池谷邑子さんとお付き合いしたいんです！　どうしても、彼女じゃないとダメなんです！　お願いします！」

神様が味方してくれている。今目の前に、神様がいる。願いはなにかと聞いてくださっている。俺は世界で一番幸運な男だ。

汗ばむ両手を拳にして、猫神様の言葉を待った。

「それじゃ、今言ったことを自分で叶えろ」

「……え？」

「オレが願いを叶えてやるのは、自分じゃどうしようもできない奴だけだ」

「でも俺、さっき邑子さんに振られたんです。気持ち悪いですって言われて……」

声に出すと、自分自身に一発顔面パンチしたみたいな気分になった。気持ち悪いと言われた俺に、まだ恋のチャンスはあるというのだろうか。どう考えたって、絶望的だ。

「諦めんのか？」

子猫がミルクでも飲むみたいな可愛らしい音を立てながら、猫神様は酒を飲んでいる。顔を上げて、俺を見つめた。

「お前、一回告白して振られたくらいで、諦めんの？　その程度の願いなわけ？」

神様にそう言われると、確かに俺の気持ちってそんなものなのかと思えてくる。不思議だ。

そうだ。ダメで元々だと思って告白したじゃないか。一回ダメだったくらいで諦めたら、絶対に願いなんて叶わない。なに弱気になってんだ、俺。

「さっきの嘘です！　俺、まだまだ立ち向かいます！」

「よーし、その意気だ。まぁ、とにかく飲め飲め！」

俺は猫神様に言われるまま飲んだ。ビールに酎ハイ、全部で六缶飲み干した。そのまま、俺は猫神様とひっくり返って眠ってしまった。

翌朝、頭がガンガンする中、目を開けると、猫神様はいなくなっていた。ゴミや空き缶が散乱した中をかき分けて捜したが、いない。

全部、失恋のショックから見た夢だったのだろうか。

大学へ向かい、講義を受ける。いつもと変わらない朝だ。大学が終わればバイト先へ向かう。

最近は俺が毎日連絡するせいか、邑子さんはあまり店に来なくなってしまった。きのうは告白もしたし、なおさら来てくれる気がしない。

「あの人、来ないな」

三浦さんがしょぼくれてレジに立っている俺に声をかけてくれた。

「そうなんですよ。俺のせいですかね」

「追い回したりするからだろ」

「……」

「調子狂うな。お前が元気ないと」

「三浦さん、恋ってしたことあります？」

「バカにしてんの？」

三浦さんの眉毛がぴくっと動いた。

「今まで恋だと思っていたのは、全部恋じゃないってわかったんです。今回の恋は、そういう恋なんです」

俺が言うと「ごめん」と三浦さんは謝った。

「俺、恋愛に疎(うと)いからさ。そういうのは、三谷と話せ」

バイトが終わると、真っすぐに家に帰る。きょうは課題が多いのでとにかく早く帰って仕上げなければ、提出に間に合わない。帰ったらどう時間を使おうか、それを考えて歩いた。

吐く息はまだ白くはならないが、冬がそっと近づいてくるのがわかる。

駅前の派手な電飾が目をちかちかさせた。クリスマスまでまだ二か月弱もあるのに。

ハロウィンが終わったとたん、今度はクリスマス騒ぎだ。いや、目が眩むのは電飾のせいじゃない。手を繋いだり腕を組んだりして歩くカップルだ。ラブラブな様子を見ると、心に隙間風が吹いたみたいに寒くなる。俺の心はもう真冬だ。雪もちらついている。

考えてしまうのはよくないが、邑子さんと俺があんなふうに道を歩く姿が想像できない。心のどこかで、無理だろうともうひとりの自分が言う。

いや。そんなわけにはいかない。

きのう、猫神様に諦めないと誓ったじゃないか。

首を大きく振って、意識をまた課題に向けた。

「学生ってのは、忙しいんだな。それとも、こんな時間まで遊び回ってたのか？」

帰ると、ドアの前に猫神様がちょこんと座っていた。

「夢じゃ、なかったんですね！」

「なに寝ぼけたことを言ってんだ。オレだってな、一日中お前と一緒にいるほど暇じゃねぇんだよ」

「そうですよね！　ごめんなさい」

確かに神様は俺たち凡人とは違って、仕事が山ほどあるんだろう。……あれ、でもきのう「願いは自分で叶えろ」みたいなこと、言ってなかったっけ？　他にどんな仕事をしているのだろうか。

ドアの鍵を開けると、猫神様はするりと部屋の中へ入っていった。

「あの、なにか食べますか？　俺、まだ夜食べてないんで」

「お前が作るのか？」

「……あ、そうですよね。俺が作ったものなんて、まずくて食べられないですよね。ちょっと、なんか買ってきます」

再び玄関のドアを開けたが、「お前が作ったものでいい」と猫神様は言った。

「そんな大したご飯作れないですけど」

「いいから、早く作れ」

猫神様は、俺のベッドにころんと寝転がって、毛づくろいを始めた。

「なに見てんだよ」

赤い舌をちょこっと出して、可愛い顔をしている。言葉と声が頭に入ってこない。

「すみません。なんか、本当に普通の猫さんなんだなって」

「猫さんじゃねぇ。猫神様だ」

「すみません」

神様と話なんてしたことがないから、どう話しかけていいのかわからない。いや、普通神様と話なんてできない。挙動不審になっても仕方ないだろう。

冷蔵庫の中を見る。週末買い物に行けなかったから、母さんが送ってきてくれた白菜と大根とブロッコリーと青梗菜（チンゲンサイ）。卵が二個。冷凍しておいた白米。肉はないが、チャーハンでも作ろうか。

「チャーハンなんて、どうでしょうか？」

「おう、オレはなんでも食える」

猫にチャーハン。聞いたことがない組み合わせだ。

冷蔵庫から食材を取り出して、いつものようにチャーハンもどきを作る。

最後に卵を入れるか、白米に卵を絡ませてから炒めるか。チャーハンは人によって作り方が違うと聞いたが、俺は母さんが作るレシピ（白米に卵を絡ませ炒める）しか知らない。

幼い頃から、よく料理をした。母さんは仕事で遅くまで帰ってこない。妹と弟もいるため、俺は自分から料理を始めた。最初はカップ麺にお湯を注ぐ程度だったが、冷蔵庫の中身から料理を考えるようになった。料理は好き、ではない。かといって嫌いでもないが、慣れれば自炊した方がはるかに節約できる。

「いまどきの学生は、お前みたいな感じか？」

「俺みたいって、どんな感じですか？」

「自炊したり、バイトしたり。遊んだりしないのか？」

狭い部屋の中で、背中越しに猫神様と話をしながら考えた。他の学生は、どんな感じなのだろうか。

「どうなんでしょうか。バイトする学生は多いですけどね」

「ふぅん」

「できましたよ、チャーハン」

「早いな。主婦みたいだ」

ベッドからむくっと起き上がり、こたつテーブルの上に座る。尻尾が微かに揺れていた。

俺は猫神様と向かい合って、チャーハンにスプーンを入れた。

「まだありますよ、たくさん食べてくださいね」

鼻息荒く、猫神様はチャーハンに顔を突っ込んでいた。「おう」と顔を上げると、鼻の頭にご飯粒がついている。取るべきか、否か。いや、触れていいものなのか。考えていたら赤い舌がペロッと出てきて、ご飯粒が口の中へ消えた。

「早くお前も食えよ」

　俺が作ったご飯なのに。……まぁ、いいか。

「猫神様、恋したことってありますか？」

「オレがか？　笑わせるな」

「猫だから？」

　チャーハンから再び顔を上げ、「バカにしてんのか？」と訊かれた。

「すみません、バカにはしてません。ただ、気になって。……恋ってなんですかね」

「人間の感情はわからん」

「邑子さんのこと、よく考えたら俺、なにひとつ知らないんです。だけど、めちゃくちゃ好きなんです」

「どういうところが？」

　俺は初めて会った日の、邑子さんの横顔を思い出した。儚げで、悩ましい表情。寂しさ、虚しさを感じた。

「哀しい目をしていたんです、初めて会ったとき」

「つまり、悲愴に満ちた女が好きってことか」

「違います」

　邑子さんは、哀しそうな表情で本を見ていた。きっと、この人には誰か好きな人がいる。いつだって、どんなときだって思い出してしまうくらい、大好きな人が。俺には絶対に超えられない大切な人が。そんな気がして、目が離せなかった。

「俺が哀しみをなくしてやるとか、そんな大それたことは言えないです。俺、男前じゃないし」

「わかってんじゃねぇか」

「邑子さんの哀しげな顔が、ずっと頭から離れなくて。笑ってほしいなって思ったんです」

「笑ってほしい、ねぇ。……きょうは、酒ないの？」

「ないです。買ってきましょうか？」

猫神様は大きなあくびをすると「いや、いい」と言って、また横になった。もうチャーハンが消えている。

「どうしてその邑子じゃなきゃダメなのか、オレにはわからねぇな。女なんて、世界中にいくらでもいるだろ」

　自分の気持ちを、うまく言葉にできなかった。邑子さんは、確かに美人だ。ひとつひとつの仕草が丁寧で、まるでハープを奏(かな)でる天使のように見える。大した話はしていない。なにが好きで、なにが嫌いか。今までどんな経験をして、なにが嬉しかったのか悲しかったのか。俺はなんにも知らない。

「邑子さんは高嶺(たかね)の花で、俺なんかが頑張ったところで手は届かないのかもしれませんね」

「だから、人間はオレに願うのさ。神様仏様ってな。誰かに願いを叶えてもらおうなんて、ちゃんちゃらおかしい」

　俺はびくっとして、猫神様を見た。相変わらず、柔らかそうなお腹を見せて毛づくろいに集中している。

「誰かがなんとかしてくれるなんて、期待するな。誰かに幸せにしてもらおうなんて考えてねぇで、自分で自分を幸せにしろ」

「かっこいい……。名言、いただきました！」

「お前、本当にバカだよな」

　へへ、と笑うと鼻水が出た。手で拭い、山盛りのチャーハンをスプーンですくう。

　ひとりじゃないって、いいな。そんなことを思いながら、口にチャーハンを放り込む。

　田舎（いなか）から都会に出てきてひとり暮らしを始めたばかりのとき、この部屋でご飯を食べていると寂しくて、泣きそうになった。ずっと、ひとりの世界に憧れていたはずなのに。

　幼い頃、父さんは仕事で事故に遭い亡くなった。それ以来、母さんが必死に働いて俺たち三人の子を育ててくれた。母さんは看護師だ。夜勤もあるし、不定休なので、祖父母の家によく預けられていた。妹弟（いもうとおとうと）の世話もあり、いつも誰かと一緒だった。

鬱陶しいなんて思ったことはないが、ひとり暮らしがどんなものか憧れていた。でも、全然いいものじゃない。生活する大変さを身に染みて感じる。

大学も二年目になり、友達はできた。でも、大学とバイト先と家を行き来するだけで、遊びとは無縁の生活をただ繰り返している。だから部屋に誰かを呼んだのも、きのうの杏子ちゃんが初めてだった。

時々、漠然と田舎に帰りたいと思う。自分がなにを目指しているのか、よくわからなくなる。都会は息もしづらい。大学の学生たちともなんとなく話が合わなくて、地元の友達が懐かしいときもある。

母さんは、俺が県外の大学を志望しているのを知っていた。志望していたけれど、行かないと決めていた。母子家庭の俺が、しかも三人も子がいる家庭の俺が、大学なんて望めない。高校を卒業したら働くのが親孝行だとわかっていた。でも、理解はしていても本音は行きたい道へ行きたいと願っていた。

「自分が進みたい道へ行きなさい」

母さんの一言で、家族を置いて家を出た。

俺の家は裕福な家庭ではなかったが、家族の繋がりは強い。父さんが亡くなってからも、父方の祖父母、母方の祖父母がいつもよくしてくれた。だから、幼い頃から寂しさなんて感じたことが一度もなかった。

それなのに、都会は寂しい。

家計の足しになればと、高校時代は新聞配達のバイトをしていた。なにか少しでも力になりたかった。

引っ越しの日、母さんから分厚い封筒を手渡された。俺が家に入れていたわずかなバイト代を、そっくりそのまま残しておいてくれたのだ。

「あんたが自分で稼いだお金だから、自分のために使いなさい」

大学の学費も、母さんが出してくれた。大学へ行くための費用は、バカみたいに高い。俺は家族みんなに学ばせてもらっている。俺の頭がもっとよければ、国立大学に行って学費も抑えられただろうに。将来は弁護士や医者、有能な人材を目指せたのかもしれない。それに、妹や弟にだって夢があるはずだ。大学を卒業したらしっかり働いて、今度は俺が返す番だ。俺と同じように、妹や弟にも進みたい道へ行ってほしい。

でも。

やるべきことはわかっていたはずなのに、最近はずっと足踏みしている。突然、自分の夢が巨大すぎて、叶えられない気がしてきた。弱気になっている。

俺は福祉の大学に通い、介護福祉士や社会福祉士を目指している。人の役に立つ仕事、それが俺の夢だ。だけど近頃は自分の思いが、恋に関しても夢に関しても一方通行だ。邑子さんへの想いもうまく伝わらないし、頭に霧がかかっているみたいだった。

「バカみたいに真剣な顔をしてるな」

猫神様の声に、我に返る。

「早く食え」

口に入れながら、やっぱりちょっと母さんの味とは違うなぁと思った。なにが足りないのだろう。わからない。

「いいな、学生ってのは。夢がいっぱいあって」

「俺の夢、わかるんですか？」

「お前を見てりゃわかるよ、そんなこと。顔に書いてあるからな」

「さすが、神様ですね」

まあな、と言いながらまた丁寧に毛づくろいをする。ちら、と俺を見たとき赤い舌が少しだけ出ていた。

「よくわからんが、とにかく後ろは振り返るな。前だけ見てろ」

見透かされたようだった。神様の前では、自分は偽れない。

とにかく、前進しよう。猫神様もそうおっしゃっている。元気だけが取り柄の俺。頑張れ、俺。

自分で自分に活を入れ、ご飯を食べ終わってから課題に取り掛かった。

気が付いたら、机に向かったまま朝を迎えていた。猫神様は人間みたいにへそを天井に向け、ぐっすり眠っていた。太陽がカーテンの隙間から俺の部屋を照らしている。朝は冷え込む。寒さに反して、窓から射す光は炎のように温かそうだ。

夜に感じる一抹の寂しさは、朝が連れ去ってくれる。でもきょうは、それ以外にも連れ去ってくれたものがある。

いつもと同じように、俺は邑子さんにメールを送った。

『おはようございます。昨夜は勉強中に寝落ちてしまい、起きたら朝でした。今朝は寒いので、風邪(かぜ)には気を付けてください』

鬱陶しいと思われるかもしれない。返事もくれないかもしれない。それでもいい。邑子さんがちょっとでも、俺のメールを読んでなにか思ってくれたら、それで十分だ。

『ありがとうございます。恭介くんも気を付けて』

珍しくすぐに短い返事が返ってきた。

っしゃー！　と小さな声でガッツポーズ。ぐーっと背中を伸ばして、気持ちよさそうに眠る猫神様を見た。

幸せそうだ。幸せ以外、ありえないという顔をしている。

俺は天にも昇るような嬉しさを隠せず、小躍りしながら出かける準備をささっとして、猫神様を起こさないよう静かに家を出た。

一か月間、邑子さんとはまたメールのやり取りをしたり、しなかったりして過ごした。俺と邑子さんの関係はちっとも前進していないのに、時間だけはどんどん過ぎていく。あっという間に十二月。もうすぐクリスマスだ。

街はいつにも増して賑わい、クリスマスの飾りや電飾が嫌でも目についてしまう。クリスマス目前の今、さらに拍車がかかっているようだ。バイト先でもクリスマスツリーや雪の結晶の飾りが店内に溢れている。そのうち、サンタの帽子でも被らされて接客させられるんじゃないか。ちょっと不安になった。かかる曲はどれもクリスマスソングばかり。「きっと君は来ない」と何度も繰り返されると、俺の気持ちもどんどん沈んでいった。

猫神様との生活も、一か月が経過した。猫神様は完全に家に馴染んでいる。猫神様との暮らしは、猫を飼っている感覚でもなく、神様が見守ってくれている感覚とも違う。どちらかと言うと、神様に対して大変失礼ではあるが、働かない同居人ができたような感じだ。

猫神様は、大抵こたつの中にいらっしゃる。それか、ベッドの上の陽が当たる場所。今朝はまだ布団の上でゴロゴロなさっている。俺の体温で温まった毛布が心地よいのだろう。

丸まっているその身体は連れ帰ったときより一回り、いや、もっと大きくなった気がした。俺がエサを与えすぎたのだろうか。お腹のあたりがぷくぷくで、絶対に触り心地抜群のはず。でも、触りたくなる衝動をいつも抑えている。

「あの……猫神様。最近ちょっと、ふっくらしてきました？」

「妊娠はしねぇよ」

「いやその、冗談などではなくて……」

「最近は、公子の飯もお前の飯も全部食べてるからな」

公子。猫神様はなにかと公子、公子とその名を出す。誰なんだろう。

「公子さんってよく話に出てきますけど、どなたなんですか？」

「公子はな、神社を掃除しに来てはオレたち猫にエサをくれるばあさんだ。付き合いは長いよ」

「長いって、どのくらい？」

「そりゃ決まってんだろ。生まれたときからだ」

ぎょっとした。生まれたとき？　おばあちゃんということは、少なくとも六十は超えていらっしゃるはず。猫神様は、一体いくつなんだろう。

「猫神様は今、おいくつなんですか？」

「神様だぞ。自分が今何歳かなんて、数えてる暇はねぇよ」

全く、と目を細め顔の毛づくろいをする。神様とはいえ猫なんだな、やっぱり。

「最近、邑子には会えてるのか？」

「……たまに。バイト先に来てくれると、挨拶くらいはします」

「ちょっとは前進したか？」

「うーん、一歩くらいは」

嘘だ。一歩も前進していない。後退はしていないと思いたい。

猫神様の大きなため息が聞こえた。猫神様には、俺の心の声が聞こえているのだろう。

邑子さんには、攻めるアプローチは逆効果だった。遠ざけられてしまう。三谷先輩に言われた通りだった。だから、とにかく毎日メールだけは送るようにしていた。それさえも、邑子さんにはいい迷惑なのだろうけれど。

「もうすぐクリスマスですね。俺には無縁ですけど」

「行動すればいいだろ」

「じゃあ、なんか手伝ってくださいよ」

「前にも言った。願いは自分で叶えるもんだって」

ですよね、と今度は俺がため息をついた。

「ため息つくな。幸せが逃げるぞ」

さっき猫神様だってため息をついたくせに。

俺は大げさに、吐いた息を吸い込んでみせた。

「きょう、ちょっと帰りが遅くなります」

「デートか？」

「いや、邑子さんの妹と会うんですよ。猫神様を連れて帰った日に家に来た子です」

「ああ、いたなそんな奴」

冷蔵庫の中にご飯ありますよ、と言って出ていこうとすると「猫が冷蔵庫なんて開けられるわけないだろ」と言われ、キッチンにご飯を出して置いておいた。

「そういえば、あのときなんで杏子ちゃんには猫神様の声は聞こえなかったんでしょう？」

靴を履きながら、ふと疑問に思ったことを声に出した。

「オレが話したいと思った奴にしか、オレの声は聞こえねぇよ。誰とだってしゃべれるけど、そんなの面倒くさいだろ」

わかるような、わからないような。少なくとも、俺とは話がしたいというわけか。ありがたや。思わず両手を合わせた。

「そういえば、きょうって雨降るんでしたっけ？」

ドアを開けると空がどんより曇っていた。分厚い雲だ。空の青が少しも見えなかった。

「雨だぁ？」

猫神様が玄関口まで歩いてきて、空を見上げる。髭がぴくぴくと動いていた。

「夜にでも雨が降るのかな。あした、晴れていてほしいんだけど」

あしたは溜まった洗濯物を一気に片付けるつもりだった。そうしなければ、服や下着が足りなくなる。洗濯カゴから溢れ出している汚れものを見て、思わずため息が出た。

「天気予報を見りゃいいだろ。雨は、降るときは降るもんだ」

拍子抜けした。神様なら、天気くらい簡単にわかるものだと思っていた。猫神様は前足をそっと舐めると「早く行かないと遅刻するぞ」とのんきに言った。

仕方なく、一応折り畳み傘を鞄に忍ばせて家を出た。

大学を終えてからバイト先へ向かう。途中、なんとなく野良神社の前を通りかかった。きょうもなにひとつ変化のない一日だ。いつもと同じ。邑子さん、今頃なにをしているんだろう。仕事は忙しいのかな。なんて考えながら、鳥居をくぐる。

野良神社は、野良猫の溜まり場だった。まだ身体が小さい三毛猫と、大きくて立派な尻尾の黒猫が、おばあちゃんからエサをもらっている。ずいぶん猫たちは懐いているように見えた。

もしや、あの人が猫神様の言っていた公子さんだろうか。

「こんにちは」

目が合い、おばあちゃんの方から挨拶してくれた。俺もこんにちはと返す。

「若い方が頻繁に来てくださるのは、私も嬉しいわ」

「参拝者はやっぱり多いんですか？　恋に効くって聞きました」

　すると、ふふっと柔らかく微笑む。

「あなたも、恋の願い？」

　あ、いやぁと俺は痒（かゆ）くもないのについ頭に手が伸びた。

「この神社には、猫神様が棲（す）んでいるって知ってる？」

「噂で聞いたような……」

　俺はわざと誤魔化（ごまか）した。今うちでゴロゴロしていますよ、なんてとても言えない。

「いるのよ、本当にね」

　おばあちゃんはそう言って「きょうは白い猫ちゃん、いないわねぇ」とあたりを見回す。

「白い猫でね、人の言葉を話すの」

「え？」

　まさか、猫神様の存在を知っているのか。この人が本当に公子さんだとしたら、猫神様は生まれたときから知っていると言っていた。

「一度だけ、話をしたことがあるのよ。それも、私の勘違いかもしれないけれど」

　懐かしんでいるような瞳で、どこか遠くの方を見ていた。

「にゃあ」

鈴の音がして、びっくりして音の方を見る。猫神様が軽い足取りで、おばあちゃんの足元にすり寄った。

「こんなところで、公子となにしてんだ」

この声は、本当に俺にしか聞こえないんだよな？　とつい耳に指を入れて、異物でも詰まっていないか確認した。やはり、幻聴ではない。

姿形はどう見たって普通の猫で、公子さんに甘える姿は飼い猫だった。

「ほら、この猫ちゃんよ。小さくて可愛いでしょう？　不思議だけど、私が小さい頃からずっとここにいるのよ。やっぱり、神様なのかしら」

「神様かもしれないですね」

公子さんが猫神様を撫でると、気持ちよさそうにゴロゴロと喉を鳴らしている。

「ほら、あなたもどうぞ」

そう言って、猫のエサを手渡された。

猫神様、こんなにも毎日食べていたら、そりゃあどう考えたって太るよな。

俺はもらったエサを手のひらに載せて、猫神様に差し出す。猫神様は俺にだけ見えるように、嫌そうな顔をしていた。目が三角になっている。でも、パクッと口に入れて食べた。

勇気を出して、手を伸ばして猫神様の頭を撫でる。すると、猫神様はこれまた嫌そうに俺を見て、じっとしていた。

「あら」

それを見て、公子さんが驚く。

「この猫ちゃんはね、なかなか撫でさせてくれないのよ。私も最初は撫でられなくて。あなたは気に入られたみたいね」

「そう……なんでしょうか」

この顔！　あとで絶対怒られるだろうな、と調子に乗ったことを心の中で反省する。

「ここの猫神様はね、諦めの悪い人が好きなのよ」

「え？　諦めの悪い人？」

「そうなの、変でしょ？　私もなかなかに諦めの悪い女でね。頑固だし」

そうはとても見えない。優しそうな瞳が郷里の祖父母の目を思い出させる。

「猫神様が言っていたのよ、オレは諦めの悪い奴が好きなんだってね」

猫神様は、なにも言わずに黙ったまま公子さんを見つめていた。目は細められており、つんとすまし顔だ。

ゴホゴホ、と公子さんが少し苦しそうに咳をする。寒くなってきて、風邪が流行る季節だ。

「大丈夫ですか？」

「ええ、大丈夫。ちょっと最近、風邪気味で」

「寒いですから、俺が代わりに猫たちにエサをやりますよ」

「大丈夫、大丈夫。これは私の日課なの」

そう言って、猫たちをよしよしと撫でた。

「あなたの願いが叶うよう、私も願ってるわ」

「ありがとうございます」

俺はお礼を言って、賽銭箱にお金を入れ、願った。

どうか、邑子さんと両想いになれますように、と。

猫神様はこの心の声を聞いているのだろう。もう、うんざりするほど聞いていると思うが、俺の願いはたったひとつだけだった。

すっかり冷えた身体でバイト先へ急ぐ。小走りしたおかげか、バイト先に着く頃には身体はポカポカしていた。バックヤードに自分の荷物を置きに行くと、三谷先輩が休憩を取っていた。

三浦さんは珍しく有給を二日も取っていた。旅行だろうか。三谷先輩とは久しぶりにシフトが一緒だった。

「三谷先輩、お久しぶりですね」

「あ?　そうだっけ」

気の抜けた返事が返ってきた。

「内定決まってから、会社の事前研修やら卒業論文やらで忙しかった」

「大変ですね」

すぐに沈黙が流れる。なんか気まずい。なぜだろう。三谷先輩から発せられる威圧感はなんだ。

「なにか、あったんですか？」

「なんで」

「いやなんか、静かだなぁって」

「なんもねぇよ」

また、沈黙になる。俺はちらっと三谷先輩を見た。虚ろな表情だ。疲れているのだろうか。

「お前さ、杏子と付き合ってんの？」

「え？　杏子ちゃんと？」

唐突な質問に、びっくりした。どうしてそんな展開になってしまうのか。

「邑子さんが好きって、先輩も知ってるじゃないですか。なんで杏子ちゃんと？」

「……だよな」

「そうですよ。変なこと言わないでくださいよ」

悪いな、と三谷先輩は食べ終わったあとのゴミをまとめて、ゴミ箱に捨てた。なにか、苛立っているように感じた。本当に、どうしたのだろう。いつもの三谷先輩らしくない。

バイト中も、あまり会話することなくそのまま上がりの時間になってしまった。

バイトが終わり、店を出るときに入り口にあったカプセルトイに目がいく。新しいのがいくつか入っていた。キャラクターもののポーチと、ミニチュアの喫茶店（きっさてん）メニュー。そして、猫のキーホルダーだ。白い猫がいる。しかも、猫神様にそっくりだ。

こういうのを見ると、つい、回したくなってしまう。財布を取り出して中を見ると、ちょうど三百円が入っていた。回せ、と言われているような気分になって、百円玉を三枚入れた。回しながら、スマホを見る。杏子ちゃんから「もう着いたよ」とメッセージが来ていた。

まずい。待たせてしまっている。

出てきたカプセルの中身を確認せず、ポケットに突っ込むと杏子ちゃんと待ち合わせていた駅前のカフェへ急いだ。道中、三谷先輩の様子を思い出してなんだか気になりつつも、内定をもらった会社のことでなにかあったのかな、と想像した。

待ち合わせ場所は、最近できたばかりの、流行りの喫茶店なんだとか。ここのマフィンは人気で美味しいんだ、と杏子ちゃんが言っていた。

店の中は暖かい。一歩入った瞬間に、コーヒーのいい香りがする。遅い時間なのに、店内には結構人がいた。レジの横に大きなガラスケースがある。中には少しだけケーキやサンドイッチが残っていた。でもマフィンは品切れだ。残念。そんなに美味しいなら、一度食べてみたかった。

店内を見渡すと、杏子ちゃんが一番奥の窓際のテーブル席で手招きしていた。

「あたし、もうカフェオレ頼んじゃった。恭介くんも頼んで」

杏子ちゃんが、メニューを渡してきた。テーブルにはマフィンがふたつ並んでいる。

「マフィン、買っておいてくれたの？」

「早めに来て、ふたり分ね」

「ありがとう」

大きなマフィンだ。チョコチップにアーモンドスライスが散らされている。夜ご飯がまだだったから、お腹がぐーっと鳴った。今すぐにでもかぶりつきたい。

「ご注文はお決まりですか？」

黒髪をひとつにまとめた、感じのいい女性店員さんがやってきて、メモを片手に訊ねた。

「じゃあ、ホットコーヒー。ミルクと砂糖もお願いします」

俺が注文し上着を脱いだとたん、杏子ちゃんがすぐに訊ねてきた。

「ねぇ、どうしてお姉ちゃんが好きなの？」

「え？　どうしたの、急に」

「いいじゃん。一目惚れ、なんだよね？」

　初めて書店で見た邑子さんの横顔。綺麗で、寂しそうで、哀しそうで。でも、恋の香りが微かにした。手に持っていた本のせいではないはず。邑子さんは、細かく繊細なガラス細工の人形みたいだった。厳重に保管されていて、気安く触れられない。それくらい、尊いものに感じた。

「うまく言葉にできないんだ。邑子さんの寂しさというか、哀しさというか、そういうのが見えた気がして、気になったのかな」

「確かにお姉ちゃん、幸薄そうな顔してるもんね」

「いや、そういうことじゃなくってさ」

　コーヒーが運ばれてきた。ミルクと砂糖をゆっくり入れて、一口飲む。全身に行き渡る温かさ。幸せだ。

「あれから進展あったの？」

「ないよ。バカみたいに何度も告白したら、鬱陶しいかなって思って」

　杏子ちゃんはカフェオレをスプーンでかき混ぜながら、一言「ふぅん」とつまらなさそうに言った。こんな話、聞き飽きたとばかりに。

「最近、邑子さんはどうなの？」

「どうって？」

「元気って意味だよ」

「元気なんじゃない？」

杏子ちゃんも、最近は会っていない様子だった。年末が近いし、今は仕事が忙しい時期なのかもしれない。

「なんであたしに聞くの？」

「本人にメールで聞いても、あんまり話してくれないし」

「直接本人に聞けばいいのに」

いつもの杏子ちゃんとは違って、怒っているように見えた。どうしたのだろう。

「どうしたの？　なんかあった？」

「……ないよ」

三谷先輩と同じ感じだ。きょうはみんな変だ。

「さっき、三谷先輩も怒ってたみたいだった。俺のせいかな」

「そうなんじゃない？」

「え……そうなの？」

コーヒーから上っていく湯気を見た。俺、なにをしたんだろう。考えても、よくわからない。最近は会ってもいなかったし、特に話もしていない。

「ねぇ、もうお姉ちゃんのこと諦めたら？」

「どうして？」

「お姉ちゃん、ずっと恋愛なんてしてないよ。興味ないから、そういうの。恭介くんがどんなに諦めなかったとしても、お姉ちゃんは誰にも振り向かないと思うよ」

「そうかもしれないけど……」

またコーヒーに口をつける。あれ、とすぐに唇（くちびる）を離してカップの中を見た。ほんの少しの時間で、冷めたような気がした。

「どうして諦めないの？　無理じゃん」

「気持ち悪いって言われても、嫌いだって言われても、諦められないんだ。邑子さんが好きだから」

今までの恋は、簡単に諦めがついた。一度告白して振られると、もう一度告白しようなんてとても思えなかった。ダメか、じゃあ仕方がない、と納得できてしまった。でも、その気持ち自体が相手に対する熱量のバロメータだったと今ではわかる。その程度の想いだったのだ。どうしても諦められない、そんな恋ではなかった。邑子さんへの想いとは全然違う。

「もう、あたしにしとけばいいじゃん」

「あたし……？　あたしって、杏子ちゃんのこと？」

びっくりして、杏子ちゃんを見る。杏子ちゃんは俯いて、カフェオレを見ていた。

「難しい恋なんて、する必要ないのに」

そう言った杏子ちゃんは、少し悲しそうに見えた。たぶん、俺が諦めもしないで邑子さん邑子さんと嘆いている姿を見て、情けなく思っているのだろう。

確かに、難しい恋かもしれない。いや、かなり難しい恋だ。猫神様も言った通り、邑子さんひとりが女性ではないし、探せばぴたりと合う相手がいるのかもしれない。

それでも邑子さんを追いかける俺は、きっと哀れで間抜けな男に見えるだろう。

「ほんと俺、情けないよな」

杏子ちゃんはゆっくりと顔を上げて俺を見た。

「バカみたいに邑子さんを追いかけて。……でも、だからと言って杏子ちゃんにするのはおかしいよ。そんなの、もっとカッコ悪い」

杏子ちゃんは俺の言葉に「ふぅん」と笑う。

「って俺、おこがましい回答しちゃったけど、俺のために冗談言ってくれたんだよね？そういう解釈で合ってる？」

うん、と頷いてカフェオレを飲む杏子ちゃん。こんな可愛い杏子ちゃんと俺が付き合うなんてことも、相当難しいはずだ。

「あたしを振るなんて、相当変だよ」

「振ってない振ってない！　だけど杏子ちゃんなら、狙った男は全員モノにできちゃうよね」

「そんなことないよ」

笑いながら杏子ちゃんは首を振る。

「あーでも、杏子ちゃんが付き合う人は本気で杏子ちゃんが好きだって、一緒にいたいって想ってくれる人じゃないと、俺納得できないな。変な男には絶対、杏子ちゃんは渡せない」

「ちょっと。誰目線で語ってるの？」

へへ、と俺も笑う。

「さっきのは冗談だよ」

舌を出して、笑っている。杏子ちゃんはやっぱり、モテるんだろうなぁ。そんなことを思いながら、俺はまたコーヒーを飲む。

俺は、邑子さんに本気だ。でも、怖い。ものすごく怖い。他人に自分の気持ちを受け取ってもらえないことが。本気でぶつかれば誰だってどんな人だって、その想いに気づいてくれる、受け取ってもらえるものだと思っていた。だけど、恋愛は違う。好きになる理由も特別なくたって、人は恋に落ちる。恋は、不条理な現実のひとつだ。

理論ではどうにもならない、理屈ではどうにもならない代物だ。

どれだけ強く願っても、泣いて懇願しても、叶わないものはやっぱり叶わない。どうして人は、それでも願ってしまうのだろうか。

「じゃあ、もう帰るね」

「え、もう帰っちゃうの？」

杏子ちゃんは首を縦に振り、「このあと、デートなの。ごめんね」と立ち上がる。

やっぱり。だからきょうはバッチリきめているのか。合コンで初めて会ったときも、一際おしゃれをしていた。きょうは白いニットワンピースに、小さなハートのピアスが耳元で揺れている。ほとんどなにも入らなさそうな小さな赤い鞄も、おしゃれには欠かせないものなのだろう。

女の子ってすごい。きょうの服装もメイクもアクセサリーも、彼のためにしているのだろう。杏子ちゃんの彼氏は幸せ者だ。

「マフィン、ふたつ食べていいよ」

「え、でも。持って帰ったらいいんじゃない？」

「いいの。本当に美味しいんだから」

そう言って店を出ようとする杏子ちゃんを、呼び止めた。ポケットから小さなカプセルを取り出す。

「これ、さっきなんとなく回したんだけど、よかったらもらってよ」

「なに、これ?」

「猫ちゃんのキーホルダー」

じゃーん、と俺はカプセルを開けた。小さくて白い猫神様にそっくりな猫のキーホルダーだ。マフィンのお礼にと、せめてもの気持ちだった。

「恭介くんが前に拾った猫に似てるね」

杏子ちゃんは「ありがと」と受け取ってくれた。

杏子ちゃんがいなくなった向かいの席を見る。飲みかけのカフェオレがある。もう、湯気はなかった。冷めきっているようだ。

行動に移さなければ。自分から行動しなければ、なにも変わらない。猫神様も言っていた。願いは、自分で叶えるものなんだと。

俺は震える手で、邑子さんの番号を押していた。断られてもいい。いや、断られると想定して、誘おう。

コール音が聞こえる。留守電になったら、どうしよう。そもそも留守電にもならなかったら、どうしようか。何回もかけたらカッコ悪いし。出てもらえなかったら、それはそれで悲しい。

「もしもし」

邑子さんの声が耳元でした。その瞬間、抱えていた不安が全部吹き飛んだ。嬉しい。声が聞けた。最高だ。もう死んでもいい。……いや、ダメだ。死んだら邑子さんと仲良くなれない。

「あ、あの！　恭介ですけど、元日空いてますか？」

間髪を容れず、俺は誘った。

邑子さんは「え、元日ですか？」と言葉を詰まらせる。

「初詣に行こうと思ってるんですが、よかったら一緒に行きませんか？」

「初詣……」

「ごめんなさい」「行けません」「元日も仕事です」「無理です」「気持ち悪いです」「うざいです」「二度と電話しないでください」。頭の中で邑子さんの声に変換して、最悪をイメージする。よし。どんな言葉が来てもいい。心の準備はできた。

「私も行こうと思っていたので、よければ……」

……………………え？　今なんて言った？

よければ？　よければ俺も行っていいってこと？

「お、俺も一緒に行っていいってことですか？」

「……無理にとは」

「ありがとうございます！」

邑子さんの言葉にかぶせるように、返事をしてしまった。すみません！　とすぐに謝る。

「邑子さんがいつも行く神社ってありますか？」

「野良神社って知ってますか？　毎年そこに行ってます。近いですし」

「野良神社ですね！　俺もそこへ行こうと思ってました！」

俺は杏子ちゃんに教えてもらうまで、野良神社の存在すら知らなかった。地元では有名な神社なのだろう。

「じゃあ、詳細はまたメールします。よろしくお願いします！」

夢だろうか。

俺は自分の両頬をバシンと思いっきり叩く。

いや、夢じゃない。もう一度叩く。痛い。じんじんする。

サンタさんからの、ちょっと早いクリスマスプレゼントだろうか。もしかして、猫神様の力？

なんでもいい。とにかく、一歩、いやもっと前進した。来年はきっと、うまくいく。

俺は残りのコーヒーを一気に飲み干して、マフィンを鞄に詰め込んだ。猫神様にも食べてもらおう。

まず、この喜びを杏子ちゃんに伝えたい。家に帰る道を走りながら、杏子ちゃんに電話をした。デート中にもかかわらず、杏子ちゃんは出てくれた。

帰ったら早く、猫神様に伝えなければ。


駅前に九時集合。邑子さんとの初めてのデート。デートと呼んでいいのか？　いや、俺と邑子さんふたりだけで会うんだ。立派なデートだろう。

小学生が遠足前の晩に興奮して寝付けないのと同じ現象が、大学生の俺にも起こっていた。眠い。元日にはバイトを休みたかったので、大晦日（おおみそか）まで必死に働いた。身体は疲れているはずなのに、ほとんど一睡もできず朝を迎えた。それでも俺は元気だ。

猫神様は、元日は雑煮（ぞうに）に限るとうるさかったので仕方なく雑煮を作った。ひとり暮らしを始めてから、餅（もち）なんて食べていなかった。久しぶりの餅は美味しい。

猫が餅なんて食べられるんだろうか、と疑問に思い小さく切っておいた。猫神様のお口サイズだ。間違って喉を詰まらせてはいけない。

猫神様は餅を吸い込むように次々飲み込んだ。お腹がだいぶ膨れている。三杯も雑煮をおかわりし、重そうな大きなお腹で外へ出ていった。きょうは、どこへ行くのか。

いつも猫神様がどこへ行っているのか知らないが、朝晩は必ず俺の家にいる。日中はたぶん、野良神社へ行っているはずだ。さすがにあそこの神様だから、よそで遊んでいるわけはないだろう。

ほとんど眠れなかったわりに、ずいぶん早くに目が覚めてしまった。待ち合わせの時間までまだ早いが、ここで時計の針を睨んでいても全然進まない。一分がとてつもなく長く感じた。

遅刻するよりはいい。早く行こう。デートといえば男が早く待ち合わせ場所で待っていて、彼女が来たときに「今来たばっかり」という顔をするものだ。そうだ、そうしよう。

初デート。待ち合わせ場所へ向かうまでの道中、何度も口ずさんでしまった。周囲の人間が、俺をどう思おうとどうだっていい。きょうは、最高の日になる。絶対に。

初デートで身体が地面から浮き上がりそうになるのを堪えて、駅前で缶コーヒーを買った。温かい。待ち合わせ時間までまだ一時間もあるが、やってくる相手が邑子さんなら一生待っていられる。

邑子さんは、時間ぴったりにやってきた。待ち合わせの九時に、邑子さんは着物姿で現れた。邑子さんは、福袋を持った大勢の人間の中で、異様な輝きを放っていた。スポットライトを上から当てられて歩いているようにしか、俺には見えない。他の人間の顔がへのへのもへじに見えてしまう。

邑子さんの着物は赤色で、花模様がいくつも描かれている。花には詳しくないが、これはたぶん梅(うめ)の花だろう。いつもは下ろしている黒髪も、きれいにまとめてお団子になっている。赤い珠(たま)がついた簪(かんざし)が光を受けてきらりと輝いた。

　着物も身に着けたアクセサリーもみんなキラキラしている。だが邑子さんには負ける。どんなものも邑子さんの前では輝きが劣る。

「……！」

「可愛いです！」「最高です！」「めちゃくちゃ似合ってます！」「付き合ってください！」。どれも声に出して言いたかったけれど、あまりの衝撃で言葉を失った。それに、またドン引きされてしまうのは嫌だ。

　可愛すぎる。いや、美しすぎる。尊い。

もう俺、今すぐ死んでも後悔しない。あれ、鼻血出てないよな？

思わずそっと鼻を触る。代わりに鼻水が出ていた。一時間も待っていたのだ。でも今は寒さなんて微塵も感じない。むしろ、身体中が熱い。

　着付けには時間がかかるだろう。それなのに、わざわざ着てきたというのは俺のためだろうか。俺が邑子さんの着物姿が見たいと、なぜわかったんだろう。

「あけまして、おめでとうございます」

　邑子さんが後ろ髪にそっと手を添えながら言った。

「あっ、あけましておめでとうございます！」

　なんて素晴らしい新年の幕開けだろう。今なら、どんな困難も超えていけると強く確信できた。

あんまり邑子さんをじろじろ見てはいけない。そうわかってはいるものの、つい釘付けになってしまう。美しいのだから、仕方がない。

邑子さんのうなじが見える。うなじが……見える。やっぱり俺、きょう死んでも絶対に後悔しない。

だけど、うなじを見て喜んでいるのがバレたら、もう二度と俺とは話してくれないだろう。とにかく、嬉しさを堪えて冷静さを保つ。

「和服が好きなんだけど、あんまり着る機会がなくって。毎年、お正月には着ているんです」

……俺のためではなかった。当たり前か、とつい自分に笑ってしまう。

「そうなんですね！　めちゃくちゃ似合ってますよ！　毎日着てもいいと思います！」

毎日はちょっと……と邑子さん。また髪に手をやり、視線が泳いでいる。

困らせてはいけない。きょうは、きょうだけは。ただ、邑子さんにとって楽しい日にしたい。

「着付け、できるんですか？」

とっさに話題を変えた。

「はい。母が着付けできるので、教わりました」

すごい。さすが邑子さん。俺も練習したら、着られるようになるだろうか。帯の結びを見て、難しそうだなと思う。

一輪の花が咲いているような、邑子さんの存在感。邑子さんが、ますます好きになる。邑子さんの話し方。仕草。雪がゆっくりと解けていくような優しさを感じた。おまけに、いい匂いがする。他の人たちが霞んで、俺には邑子さんただひとりしか見えない。眩（まぶ）しい。眩しすぎる。

どうして、俺なんかと一緒に初詣に行ってくれるんだろう。

ふと、そんな疑問が頭をよぎる。

どんな理由であれ、きょうの出来事を俺は一生忘れないだろう。邑子さんの美しい着物姿も。写真に収めたいが、隠し撮りなんてしたら気持ち悪がられるだろうな。

駅から続く細い道を行くと、野良神社はある。近くには小さいが人通りの多い商店街もある。住宅と商店街でざわめく中に、鬱蒼（うっそう）と木々が生い茂る神社があり、そこだけ別世界に見えた。小さい神社ではあるが、人気は高いようだ。初詣に訪れた人たちで溢れ返っていた。

邑子さんによると、いつもお正月には人で賑わう神社なのだそうだ。邑子さんも、毎年必ずここへ来ているらしい。

「きょう、妹も来ているはずなんです」

「杏子ちゃんも？　初詣ですもんね」

初詣に並ぶ人だかりが、神社の外までできている。その人混みのずっと先に、杏子ちゃんらしき人が見えた。杏子ちゃんかな、と思って見ていたら隣には三谷先輩がいる。どういうことだ。杏子ちゃんの彼氏って、三谷先輩なのか。

「あれ杏子ちゃん、三谷先輩と一緒だ」

俺が指差す方を、邑子さんも見た。

「彼氏……かな」

「さぁ、どうなんでしょうね」

邪魔してはいけない、と俺たちは見て見ぬ振りをした。杏子ちゃんたちがいるのは、俺たちがいるずっと前方だ。

参拝の行列に並び、順番を待つ。並んでいる間、邑子さんになにを話しかけていいのかわからず、無言だった。

どうしよう。俺、めっちゃ緊張してる！

寒さと緊張から手がかじかんでしまい、何度も息を吹きかけた。

他人から見たら、俺たちふたりは立派にカップルに見えるだろう。そう考えれば考えるほど、どんどん緊張していった。

ようやく、順番が回ってくる。邑子さんと並んで、賽銭箱の前に立った。

少し前、この賽銭箱の前で泣いていた俺と今の俺は大違いだ。猫神様、ありがとうございます。俺、ちょっとは成長しましたよね？

「今年こそ、恋が成就しますように。俺、頑張ります！」

そう心の中で強く願い、五円玉を入れた。

チラッと横を見ると、邑子さんが静かに両手を合わせていた。今、この瞬間の写真がほしい。毎日飽きずに見ていられる。写真コンテストに出したら優勝間違いない一枚が撮れるだろう。

邑子さんは、どんなことを願っているのだろう。聞いてみたい。ぼんやりと考えていたら、邑子さんの声がして我に返った。

「おみくじありますよ。引きますか？」

お正月だけ、野良神社でおみくじが引けるらしい。今なら大吉が出せそうな気がする。いいや、絶対に大吉以外ありえない。

「私、毎年引いてるんです」

「ですよね。俺も……」

「おみくじなんて引いてんじゃねぇよ。自分の運勢は自分で決めろ」

びっくりして足元を見ると、猫神様がいた。相変わらずのもふもふふわふわの可愛らしい姿で、酒焼けしたようなおっさん声だ。

「真っ白な猫ちゃんね」

邑子さんはそっと手を伸ばし、猫神様を撫でようとした。

「オレは撫でられるのが嫌いなんだよ」

邑子さんの手をふわふわの白い手で払いのける。

今だけ猫神様がうらやましい。俺も邑子さんによしよしされたい！

「おみくじ、引かないんですか？」

猫神様を見たまま固まる俺に、邑子さんが声をかける。

「ひ、引きません！　自分の運勢は、自分で決めるので！」

そう言うと、邑子さんは目を大きく見開いて驚いた顔をしたが、すぐに「いいですね、じゃあ、私もそうします」と言った。

「いや、俺のことなんて気にしないで引いてください」

「大丈夫です。確かに、毎年引いたおみくじの内容に一喜一憂（いっきいちゆう）してしまうので、引かない方がいいかもしれません」

邑子さんにも一喜一憂することがあるのか。人間なのだから、当然だけれど。

邑子さんは、全然笑わない。いつもどこか遠くを見ているみたいだ。楽しくないのだろうか。やっぱり、俺なんかと一緒にいても……。

「俺なんかと初詣に来てくださって、ありがとうございます」

初詣はこれで完了だ。だからさっさと帰りたいかもしれない。そう思って、鳥居の前でお礼を言った。

「……あの人だかり、なんでしょうか」

邑子さんは俺のお礼を完全に無視して、商店街の方に群がっている人たちを指さした。

「なんでしょう、初売りセールとかでしょうか？」

邑子さんは人混みに吸い込まれるように歩いていった。俺もその後に続く。

商店街の真ん中で、小さな露店が並んでいる。白い幟（のぼり）が風に揺れており、ハンドメイドマーケットと書かれていた。人が多すぎて、どんなものが販売されているのかよく見えない。

こういうとき、邑子さんと手が繋げたら。人混みに紛れて邑子さんがどこかへ行ってしまいそうだ。「俺の手を離さないで」なんてキザなことは言えないし。そんなセリフを言ったら、もっと気持ち悪がられるだろう。

人をかき分けるようにして、ひとつのブースを覗き込んだ。キラキラと輝くアクセサリーがあった。それを、女の子たちが真剣な目で吟味（ぎんみ）している。

「邑子さんも、こういうのが好きなんですか？」

近くにいると思って話しかけたが、邑子さんはいない。恥ずかしくなって周りをきょろきょろするが、誰も俺を見ている人はいなかった。アクセサリーに夢中のようだ。

どうしよう、邑子さんとはぐれてしまった。浮かれた様子の人たちの中から、赤い着物を必死に捜した。だからやっぱり、手を繋げばよかった。……無理だけれど。

一際混雑している店があった。どこの店も四人くらい集まれば、商品が見えないくらいの大混雑状態だ。でもその店では八人くらいの女性客が、指輪やらネックレスをはめたりつけたりしていた。その中に、邑子さんがいた。よかった。迷子にならずに済んだ。

邑子さん、と声をかけようとしてやめる。邑子さんはなにかをじっと食い入るように見つめていた。初めて出会ったとき、本を見つめていた邑子さんの顔を鮮明に思い出した。なにを見ているのだろう。ほしいものでもあったのだろうか。

邑子さんが見ていた店では、動物をモチーフにしたアクセサリーを販売していた。細かな表情まで丁寧に再現されている。今にも動き出しそうなほどリアルだ。犬や猫、鳥やウサギ、シマリスなど、可愛らしく定番な動物から、魚や爬虫類までいる。

猫が三日月に乗っかっているペンダントが目に入った。細い三日月で、月面もリアルだ。そこに、でっぷり太った猫神様によく似た猫がなんとか乗っている。

「全部手作りなんですか？」

思わずブースの向こう側に立つ男性に訊ねた。

「全部手作りですよ」

　あまり愛想のよくないおじさんだった。俺が手作りじゃないのでは、と疑っているように聞こえてしまったのかもしれない。

　おじさんの指は太く、本のように分厚い手のひらをしていた。がっしりと力強い。このたくましい指先で、触り心地のよさそうな毛並みや、小さな口や鼻や目を作っているのか。まさに職人技だ。

　猫のペンダントをひとつ手に取ってみる。可愛い表情をしているが、つい、猫神様の声が聞こえてくるようだった。可愛い顔に似合わない声が。

「よければつけてみてください」

　俺が？　とびっくりしておじさんを見ると、隣にいる邑子さんに話しかけていた。

　邑子さんはなぜか慌てて、持っていたものを元の場所へ戻した。

「なにかいいものありましたか？」

　そっと戻したのは、指輪だった。俺はその指輪を手に取る。流れる水を象った指輪だった。時を止めたように美しい。その中には小さな赤い金魚がいた。今にも優雅に泳ぎ出しそうだ。鰭なんて本当にリアルで、空にかざすと透き通って見えた。どうやって作っているのだろう。

「金魚の指輪、綺麗ですね」

「フリーサイズになってるから、最大十六号まで伸ばせますよ」

おじさんが言う。

なるほど。指輪にもフリーサイズなんてものがあるのか。アクセサリーなんてひとつも持っていないし、つけた経験もない。

「つけてみてくださいよ」

邑子さんに指輪を手渡す。きっと気に入ったのだろう。

邑子さんは両頬を少し赤く染めて、小指にそっと通した。ちょっと大きそうだ。

「これ、小さくもできるんですよね？」

「できますよ」

おじさんがぐっと力を入れて、指輪を縮めた。そんなに簡単にできるものなのか、とつい見入ってしまう。小さくなった指輪を、邑子さんが再び指にはめた。今度はぴったりだ。

「いいですね！　きょうの着物とよく合ってますよ！」

「……ありがとうございます」

恥ずかしそうにお礼を言うところがまた、可愛らしい。

てっきり買うのだと思っていたら、邑子さんは指輪を外して戻した。

「あれ、買わないんですか？」

「……ちょっと、考えます」

こんなとき、スマートにさっとプレゼントできたら、カッコいいだろうなぁ。

おじさんが他のお客さんの接客をしている隙に、そっと金魚の指輪の値段を盗み見た。五七〇〇円。高い。でも、手作りだし、そのくらいしても当然か。

つい先日給料日だった。なんとかやりくりすれば……うん、買える。大丈夫だ。

指輪に手を伸ばし「これください」と喉まで出かかったところで、いや、待てよと手を止めた。これを俺が贈って、邑子さんは喜んでくれるだろうか。一度は振られた身だ。振った男から指輪をもらうなんて、女性としてはどうなんだろう。

渋々、その場から離れる。邑子さんもあちこちの店を見て回っていたが、結局金魚の指輪は買わなかった。

邑子さんに金魚が好きなのかを訊ねると、スマホを取り出し一枚の写真を見せてくれた。金魚を四匹飼っているのだそうだ。一匹ずつちゃんと名前をつけているのだと言う。名前を訊いたが、教えてくれなかった。どんな名前を金魚につけたのだろう。ものすごく気になる。

「きょうはこのまま実家に顔を出すので、これで失礼します」

邑子さんとはハンドメイドマーケットを回ったあと、すぐに別れた。俺はどうしても諦めきれず、もう一度あの指輪の元へ戻った。しかし、残念ながら戻ったときにはもう売り切れていた。

「可愛かったもんなぁ。売り切れちゃったか」

思わず、ひとりでに声が出る。

「恭介」

誰かに呼ばれた。振り返っても、誰もいない。誰だ。

「こっちだ、下」

言われたままに下を向く。猫神様がちょこんと座っていた。

「邑子は？」

「もう帰りましたよ」

俺は周囲におかしな人だと思われないよう、ひそひそ声で答える。

「ちょっとついてこい」

猫神様はするりと、人間に踏み潰されないよう上手に脚の間をくぐり抜けていく。

俺は人とぶつかりながら、後を追った。

商店街の裏道に入ると、閑静(かんせい)な住宅がずっと並ぶ道に出た。さっきまでのような人だかりはどこにもない。商店街の混雑が嘘のようだ。

「きょうは神社もすごい賑わいですね」

「まあな。願い事の数もすごい」

多忙な猫神様だ。それなのに、俺のそばにいてくださる。なぜだろう。不思議だ。

「オレの仕事は、恋の願いを叶える以外にもうひとつある」

突然、改まったように話し始めた。俺は「はい」と頷いた。

「恋に傷ついた人間を癒やす。ひどく傷ついた人間は、オレのところに恋心を置いていくんだ」

「恋心、ですか」

こいごころ、コイゴコロ、恋心。頭の中で変換してみる。そもそも恋心は目には見えないはず。どうやって猫神様に預けるのだろう。

「邑子に会ってわかった。あいつ、煮干し女だ」

……ニボシオンナ？

「煮干し女って、なんですか？」

「数年前、邑子はオレに恋心を預けていった。そのとき、オレに煮干しをくれたのさ。うまかったなぁ」

くちゃ、くちゃと口を動かす。

なにを言っているのか、すぐに飲み込めない。邑子さんが猫神様に恋心を預けていった？　それって、一体どういうこと？

「よくわからないんですが、恋心を預けたらどうなるんですか？」

「恋ができなくなる。心からもう一度恋がしたいと願わない限り、恋とは無縁の人生だ」

ひどく傷ついた人間はオレのところに恋心を置いていく。さっき猫神様はそう言った。ということは、邑子さんはひどい失恋かなにかを経験したということだ。そして、自分の恋心を猫神様に預けた。

「早く返してくださいよ、その恋心！」

「邑子本人が願わないと、返せねぇよ」

「じゃあ、俺の願いを叶えてくださいよ！　神様なんでしょ⁉」

俺は思わず、猫神様に怒鳴っていた。怒鳴ったって、仕方がないとわかっている。邑子さん自身が願わない限り、猫神様だってどうしようもできないのだ。

「邑子の恋心はもう四年も預かっている。未だ取りに来る気配はない。振り向かせるのは難しいかもしれないな」

だからなんだ。諦めろ、とでも言いたいのか。

一度振られたくらいで諦めるのか、と言ったのは猫神様じゃないか。

「神頼みなんて、全然役に立たないじゃないですか……。俺の願い、叶えてくださいよ」

猫神様は答えない。

「オレが願いを叶えてやるのは自分じゃどうしようもできない奴だけだって、言ったじゃないですか。俺、願いを叶えてあげるべき対象ですよね？　恋しない人を好きになるなんて、完全に望みなしじゃないですか」

「邑子を振り向かせるのは難しいかもしれない、と言っただけだ。諦めるのはお前の勝手だろう」

　猫なんて。

　神様なんて。

　ちっとも役に立たない。

　あしたの天気だって、わからないじゃないか。

　願いを叶えてくれるわけじゃない。ただ家で寝転がって、ぐーたらして、毎月の食費が無駄にかさむだけだ。

「俺、諦めませんよ。猫の力なんて借りなくたって、自分でどうにかしますよ」

「猫はねぇだろ、猫は！　一応神様なんだからよ」

　目を細め、頭を掻いている。のんきな神様だ。

「俺じゃなくたっていい。誰でもいい。もう一度、邑子さんに恋したいって思ってもらえるように……」

　初めて会ったときの邑子さんの横顔をまた思い出す。あの寂しさや哀しさは、恋の痛みからくるものだったのか。もう二度と恋なんてしない、と思うほど辛い恋を経験したのか。俺に邑子さんの気持ちを、わかってあげられるだろうか。いいや、わかってあげることはできない。恋の痛みは、どれも同じじゃない。俺が感じているこの恋の痛みと、邑子さんの痛みは違う。

だけど。俺はどんなに傷ついたって、恋心を置き去りにはしない。どれほど苦しくたって、悲しくたって、邑子さんに拒絶されたって、邑子さんを好きでいたい。邑子さんに恋していたい。

「諦めが悪いな、お前も」

「え……？」

そういえば、前に公子さんが言っていた。ここの猫神様はね、諦めの悪い人が好きなのよ、と。

一瞬、猫神様が笑ったように見えた。俺は目をこすって、もう一度見る。いつもの無表情だ。見間違いだろうか。

「猫神様、きょうからダイエットですからね！　ご飯、減らしますから！」

「なんだって⁉」

全身の毛を逆立たせている猫神様を置いて、俺は走った。

邑子さんに、もう一度恋をしてもらうために俺はなんだってやる。そう決めた。今、決めたんだ。

初詣に行ってから、邑子さんは時々俺と会ってくれるようになった。

もちろん、デートではない。ちょっとお茶をする、これが定番だ。しかし、当初に比べたら驚くべき進歩ではないか。これは、もしかしたら俺にちょっと気があるんじゃないだろうか。浮かれるあまりそんなことをつい、思ってしまう。

邑子さんは大学で文学を専攻していた。社会人になってからは読書量が減ったらしいが、それでもかなりの読書家だった。邑子さんと話を合わせるため、俺はとにかく暇さえあれば本を読み漁(あさ)った。本屋でアルバイトをしているのだ。これを利用しない手はない。

俺は、入ったばかりの新刊本をいち早く読んだ。邑子さんに面白かった本を紹介したり、今こんな本が話題になってますよ、と話したりするようになった。恋愛関係には程遠くても、今は読書仲間だ。少しずつではあるが、邑子さんは心を開いてきてくれている。そう信じながら毎日を過ごした。

邑子さんは甘いものが好きらしい。杏子ちゃんからの確かな情報だった。

大晦日から一か月ほど経ち、二月。バレンタインが近づいている。

バレンタインデーとは、女の子が好きな男の子にチョコレートを渡して告白するという、モテる男以外には何ら意味のない日だ。未だに、俺は経験した例(ため)しがない。どんな奇跡が起ころうとも、今月の十四日に邑子さんが俺にチョコレートをくれるなんてありえないだろう。もし、万が一くれたとしても、良くて義理チョコ、もしくはスーパーで一袋に何十個も入ったチョコレートを一個くらいだ。でも、そんなことはどうでもいい。今年のバレンタインデーは、逆チョコを狙う。俺は密かに決めていた。少しでも距離が縮まった今、もう一度想いを伝えたい。

先日、バイト先に入ったばかりのミステリー小説を持って、邑子さんと駅前のカフェで会った。前に杏子ちゃんと会った、マフィンが美味しいカフェだ。きょうはこの本を渡す目的で、会う約束をしていた。最近ＳＮＳで驚きの結末だと話題沸騰中の人気ミステリー小説だ。発売前に重版が決まったことで、うちの店でも売れ行きトップだった。

邑子さんは仕事帰りで、スーツを着ていた。スーツ姿の邑子さんもたまらなくいい。最高にいい。きょうはパンツスーツ姿で、いつもの可憐な邑子さんとは違いカッコよく見えた。

「この間借りた本、面白かったです。まだ一冊しか読めてないんですが」

仕事が忙しいのだろう。それでも、邑子さんは読むスピードが速いから、あっという間に読み終えてしまう。

「返してもらうのはいつでもいいので。お仕事、お疲れ様です」

邑子さんの分も美味しいマフィンを買っておいた。杏子ちゃんにここのマフィンをもらってから、猫神様がひどく気に入ってしまった。きょうこのカフェに行くと言ったら「絶対買ってこい」との命令だった。きょうは猫神様と邑子さんの分のふたつを買った。

「マフィン、邑子さんの分も買っておきましたので、どうぞ！」

「マフィンのお金を……」

「いえ、いいです。これは俺からのプレゼントです」

邑子さんは、ほんの一瞬顔を綻ばせたように見えたが、すぐいつもの表情に戻った。邑子さんの笑顔、きっと素敵なんだろうな。どうしたら、邑子さんを笑顔にできるんだろう。

「あの、バレンタインデーなんですが、お暇ですか？」

邑子さんを誘う瞬間ほど、緊張するときは他にない。いつも邑子さんを誘うときは最悪の返事を考えておくが、それでもやっぱりドキドキする。でもきょうは、邑子さんをバレンタインデーに誘うと決めていた。

「いいですよ」

邑子さんは、あっさりと返事をしてくれた。即答だったので、一瞬邑子さんの返事を理解できなくなるほど混乱した。

バレンタインデーの前に、何度もデパートのバレンタインフェアに足を運んだ。甘いもの好きの邑子さんも、もしかしたら日頃頑張る自分へチョコレートを買うかもれない。デパートのバレンタインフェアは、ものすごい数の女性客でごった返していた。もはや戦場だ。

有名なパティシエが来て、凝（こ）ったデザインの箱にサインを書いたり、客と写真を撮ったりしている。そんなにも有名な人なんだろうか。俺は、別世界に迷い込んだような気分になった。

邑子さんが同じチョコレートを選ばないことを祈って、今年限定のチョコレートを買った。たったの六粒しか入っていないのに、ものすごく高いチョコレートだった。中にいろんなフルーツのリキュールが入った、大人向けのチョコレートだ。ひとつだけ、赤いハートのチョコレートが入っている。この小さな一粒に、俺の気持ちをすべて込めるつもりだ。

十四日、当日。駅前の人混みの中から、邑子さんを見つける。邑子さんは、やっぱりダイヤモンドだ。眩しい。眩しくて思わず目をつぶる。きょうも仕事帰りの邑子さんは、ダッフルコートにペンシルストライプ柄のスカートスーツ、黒タイツを穿（は）いていた。

カフェに入ってお茶でもしようか、ちょっとどこかで飯でも食おうか。いろいろ考えていたのに、邑子さんを見たとたん俺の中に沸きあがる想いが爆発してしまった。

「邑子さん、俺と、付き合ってください！」

人目も気にせず、俺は邑子さんにチョコレートを差し出し頭を下げた。

バカだ。やってしまった。邑子さんは、こういう展開が苦手だとわかっているのに、つい俺は唐突に告白してしまった。

邑子さんは、しばらく黙っていた。道行く人たちの視線が、俺の身体中に突き刺さる。胸が痛い。

返事がないので、仕方なく頭を上げると邑子さんは泣いていた。

両頬に涙が伝う。俺はびっくりして慌ててポケットの中を探った。駅前でちょうどさっきもらったポケットティッシュがあったので、チョコレートの代わりにそれを差し出す。

「……ごめんなさい」

行き交う人たち。話し声。靴音。車のエンジン音。すべての音が、一瞬で聞こえなくなった。目の前で泣いている邑子さんと、俺だけがここにいるような感覚だった。

俺は、間違っていた。

やっぱり、間違っていた。

俺は、おとぎ話の主人公ではないし、魔神はいないし、神様はいても願いは叶えてくれない。つまり、世の中思うようにはならない。

いつか必ず願いは叶うなんて、一体誰が俺に教えたんだろう。

死んだ父さんか?

母さんか?

辛い現実を見せないための、嘘なのだろうか。

願いなんて、叶わないじゃないか。

俺が今まで信じてきたことは、一体なんだったのだろう。ひとりの人をずっと想い続ける強さと、想いを伝える努力と、いつか願いは叶うという希望さえ失わなければ、絶対に思いは届くと思っていた。俺は、ただのバカ野郎だ。結局人と人は、いつまでもどこまでも平行線で、交わらない。わかり合えない。

他の人はみんな、こんなにも難しいことをやっているのか?

俺の両親や、ばあちゃんじいちゃんは?

恋が叶うのは偶然なのか?

たまたまラッキーだった人が恋人同士になれるのか?

俺は、チョコレートをぐっと握りしめた。今は「そうですよね、俺なんかじゃダメですよね」と笑うしかできなかった。

俺なんかでは、邑子さんにもう一度恋がしたいと思わせられない。邑子さんの王子様は、俺じゃないんだ。

——リン。

猫神様の鈴の音がした。

人混みの中振り返ると、そこには真っ白な雪玉のような猫神様がちょこんと座って、俺の方を見ている。

「純粋な願いほど真っすぐで、オレの心に深く突き刺さるんだ」

目を細めて、俺の心の中を見透かしたように言った。

「オレは全部見ていてやるから。いつでもオレが、お前の背中を押してやる。なんなら、蹴飛ばしてやる。だから、とことん邑子に向かっていけ」

第三章　池谷杏子は白雪姫にはなれない

そういえば、白雪姫ってどうしてあの王子様と結ばれたんだっけ。

あたし——池谷杏子が知ってる『白雪姫』の物語ではどこにも、王子様と話したり、デートしたり、ふたりが関わる場面はなかった。王子様は、リンゴの毒によって倒れた美しい白雪姫にキスをした。やっぱり、今も昔もおとぎ話の中でさえ男は女を見た目だけで決める。白雪姫も、キスしてくれた相手が王子様でかつイケメンだったから結婚したんだ。庶民にキスされても、寝たフリをして目覚めなかっただろう。結局、男も女も恋に落ちるのは現実的な理由が存在する。

「俺たち散々遊んだし、そろそろやめよっか」

遊びが終わる合図。別になんにも感じない。新しいおもちゃ、早く見つけないと。もうすぐ夏になるっていうのに。ひと夏、男なしで暇つぶしなんてできない。つまらない。

「うん、そうだね」

引き留めたりはしない。去る者は追わず来る者は（イケメンに限り）拒まず。それがあたしのモットーだ。

誰だって一度は憧れるおとぎ話は、一体なんのために今も昔も語られているのだろう。

夢は必ず叶う？　希望を持て？　王子様は必ず現れる？

恋なんて、叶わないもの。両想いなんて、幻想。美しい男女の恋なんてものは、この世界にはない。本の中だけのもの。知らぬ間に、そんな感情があたしの中に植え付けられていった。誰か、ではなく、不特定多数の大人たちがあたしに、いやあたししたちに、夢は叶わないと教えた。おとぎ話は所詮、おとぎ話なのだと。だとしたら、なぜ子どもの頃だけは夢を見させるのだろう。残酷だ。初めから、夢なんて叶わないと教えられた方が楽じゃないか。

黒い髪の毛に、白い肌。薄い唇。男なのに長い睫毛。抱きしめたときの匂い。感触。肌ざわり。呼吸の仕方。心臓の鼓動。

今見ているもの、感じているあらゆることが、彼と別れた直後なにひとつ思い出せなくなる。今までの男は全員そうだった。だから、あたしは誰のこともあんまり覚えていない。みんな霧がかかったみたいに、ぼんやりとしている。

「じゃあ、またね」

もう二度と会うことはないだろうけれど、また会うみたいにサヨナラする。

綺麗な別れ方がしたいなら、相手に恋をしないことだ。そうすれば、取り乱したりしない。泣いたり、わめいたり、しばらく失恋の傷を引きずるなんて必要はなくなる。どれも、あたしは経験してないけれど。恋なんてするからいけないんだ。しなければ、いつだって冷静に対処できる。

彼氏と別れて一週間も経たないうちに、友達から合コンの誘いがあった。「イケメンぞろいの合コンが今度あるから、杏子も来なよ」と連絡をもらった。

高校のときの親友、美佳からの連絡だった。美佳が通う大学は、美男美女が多いと有名な大学なんだとか。頭のレベルは低いが、顔の偏差値は高いということか。

どんな男が来るの？ と訊ねると美佳は、「幹事はイケメンで、身長高くて、彼女がコロコロ変わる人」と言った。

あたしと同じタイプか。「遊び人」「尻軽女」「ビッチ」と陰で言われているのを知っている。でも、そうやって陰口をたたく奴らは、自分があたしのようになれないから僻んでいるだけだ。そんなことを言っている暇があるなら、あたしの彼氏よりもいい男、捕まえてみろ。あたしはいつも心の中でそう思っていた。

いつから、あたしはこんなにも汚れてしまったのだろう。可愛くなくなってしまったのだろう。小さい頃はみんなと同じように、おとぎ話を信じていたはずなのに。恋に憧れていたはずなのに。本物の恋が、したかったはずなのに。

毎日が退屈だった。高校を卒業するとき、やりたいこともなく就職する気もなかったから、大学進学を希望した。専門や短大は最初から候補にはなかった。行くのなら、やっぱり四大だ。四年間、思う存分遊び倒す。そう思って入学してから早二年。新入生たちはまだ高校生くさいし、大学の講義はつまらない。もう飽きてしまっていた。

あたしには七つ離れた姉がいる。姉は大学卒業後、すぐに家を出てひとり暮らしを始めた。姉は両親に言われるまま塾に通い勉強し進学したが、妹のあたしはなぜか強制されなかった。姉は優等生タイプだ。あたしがそういうタイプではないと、両親は幼い頃から見抜いていたのだろう。この子を塾に通わせても無駄だし、頭のいい学校への進学は難しそうだと諦められていたんだと思う。

両親は姉が実家に帰ってくると、そのたびに結婚のプレッシャーをかけている。この前なんて、お見合いの話を持ちかけていた。いまどきお見合いって。まだお見合いなんて存在していたのか。化石くらい古いものだと思っていた。

姉がいなくなった今、我が家は静かだ。姉がうるさい人というわけではない。母が姉に固執して、ああしろこうしろと厳しかったのだ。あたしに対する言葉じゃないにしても、あたしは日々イライラしていた。

両親は両親で、お互い干渉せず好きなことをして過ごしている。両親はもうずっと別々の部屋で寝ているし、あんまり口も利かない。なぜ離婚しないのか、小さい頃は不思議に思っていた。でも、今ならなんとなくわかる。楽なのだろう。離婚するのも面倒だと聞く。離婚で揉めてお金の取り合いになるのも、なかなかに面倒くさそうだ。離婚すればお互いこれまでの稼ぎを半分に分けて、使える額も減る。だったらお互い離婚しないで、相手はいないものと思いながら過ごせばいいのだ。なんて楽ちんな世界。お互いの生活と娯楽を守るための家族生活。こんな両親がいたから、あたしは他の子たちよりも早く、おとぎ話の魔法から解けてしまったのだ。

「はじめまして。三窪恭介、二十歳です！」

合コンは美佳が言うようにイケメンぞろいだった。でも、どの男もいいと思えない。誰でも同じ。男はみんな、同じだ。あたしがここにいる理由と同じで、みんな退屈している。女でも作って、てきとうに遊んで時間を潰そうとしているだけ。

「杏子だよ。タメじゃん」

あたしは身長が低い。幸い、あたしのコンプレックスは男受けする。多少身長が低い男でも、あたしには手が出しやすい。女は自分よりも身長が低い男を自然と恋愛対象から外しがちだ。あたしよりも身長が低い男なんて、小学生くらいだろう。

男性側の幹事をやっている男、三谷隆弘は美佳の言う遊び人だった。うまく隠しているようだが、あたしにはわかる。同じニオイがした。

誰でもいい。この三人の中の誰でもいい。ひと夏、いや、一週間でもいいからあたしを退屈させないでくれるなら。まぁ、期待しても無理だとわかっている。これまでの男はみんな、退屈だったから。

隣に座ったのは、恭介という人だった。茶髪に右の目元にほくろがある。顔はまあまあいい感じ。少しチャラい感じがした。

「それ、泣きぼくろ？」

「よく揶揄われるからこのほくろ、あんまり好きじゃないんだよね」

「ごめん。あたしは身長が低いのがコンプレックス」

大抵の男は小さい女の子を可愛いと思うらしい。彼も、例外ではないだろう。

「杏子ちゃん、絶対末っ子タイプ！」

名前はもう忘れた。三番目に自己紹介した男があたしの斜め前の席でそう言った。顔はそこそこイケてるのに、食べ方が汚い。おつまみの枝豆をくちゃくちゃと口を開けて食べている。残念、除外。

「ひとりっ子かなって、俺は思ったけどな」

今度は恭介が言った。

ひとりっ子だの、末っ子だの、どうでもいい。つまらない。血液型占いや星座占いと同じくらいのレベルだ。

「七つ離れたお姉ちゃんがいるよ」

どうしてあたしは、この人たちとこんなにもくだらない話をしているのだろう。誰と話してもビビッと来ないいし、誰と話しても感想は同じ。つまらない。退屈だ。

現実を知りすぎたあたしが、恋なんておとぎ話に今さら夢中になれるはずがない。こんなもの、ただのゲームだ。誰が一番にカップルになれるかを競い合うゲームでしかない。

「めっちゃ離れてるじゃん」

恭介は言葉とは裏腹に、そこまでびっくりした様子ではなかった。ああ、この人もたぶん、あたしと話していてつまらないのだろう。

「写真見る？」

「いいね、見たい」

恭介が言うので、あたしは一枚写真を見せた。この間、久しぶりに会ってなんとなく撮った一枚だ。こういうときの、ネタにするための写真。

「お姉ちゃんとよく似てるって言われるんだ」

「……え、これお姉ちゃん？」

恭介はスマホに顔をぐいぐい近づける。

「うん、似てるでしょ？」

すると、突然恭介はあたしの手を握った。なんだ、気持ち悪い。

でもあたしは表情には出さず「どうしたの？」とわざと首を傾げて訊ねた。

「きょう、ここへ来てよかったぁー！」

力いっぱいガッツポーズをしている。一体なんだ、こいつは。意味がわからない。

「なに、どうしたの？」

「お姉さん、なんて名前？」

「え？　お、お姉ちゃんの名前？」

なんだこいつ。あたしじゃなくて、姉に興味があるのか。

……気持ち悪。というか、普通にありえない。

「………………邑子だけど」

完全に、全力で引いてしまった。顔だけ無理やり笑みを張り付けておいたけれど、心はこの場所からずっと遠くにいる。ドン引きだ。同じ空間にいたくない。変態め。

「え、なに邑子さん？」

「池谷……邑子です」

つい、同い年なのに敬語になってしまう。あまりにも押しが強すぎて、どんどん相手のペースになっていた。

「池谷邑子さん！　そうかぁ、いい名前！」

恭介の目にあたしは映っていない。というより、姉に恋しているのだ。

姉を好きだという男が、今目の前にいる。堅物真面目で、趣味は読書と映画鑑賞で引きこもりみたいな姉の、どこを好きになったというのだろう。顔こそあたしと多少似ているが、姉は極度の人見知りで性格は暗い。しかも、今年で二十八歳になる。この男は年上好きなのか。

「邑子さんって、今いくつなの？」

「二十七だよ」

「へぇ、やっぱり社会人なんだ。どんな仕事してるの？」

「事務」

姉に本気なのか。こいつ、絶対におかしい。あたしという女が今目の前にいるのに、姉にしか食いついてこないなんて。

「ごめんね、俺気持ち悪いよね」

うん。気持ち悪い。マジで。本当に。

「……そんなことないけど、どうしてお姉ちゃんのことを知りたいの？」

訊ねると真剣な顔つきで、話し始めた。もはや、恭介にとって合コンなんてどうでもよくなっているようだ。この様子から、恭介はおそらく人数合わせのために連れてこられただけだったのだろう。あとのふたりは、本気で出会いを求めているように見える。美佳と美佳の大学の友人だという女の子もそうだ。しまった。こいつと話している間に、他の四人はいい感じになっている。

「実は俺、本屋でバイトしてるんだけど」

「へぇ、そうなんだ」

「よく来る邑子さんに、一目惚れしちゃって。話しかけたりしたけど、名前なんて聞けないしさ」

やっぱり。恭介は姉が好きなのだ。

これは、もしかしたら面白くなるかもしれない。恋愛ゲームをするよりも退屈しない。自分の恋愛ゲームはもう飽きた。違うゲームがしたい。

「じゃあ、あたしが仲を取り持ってあげるよ。連絡先、交換しよ！」

あたしたちは連絡先を交換した。その後、他のふたりとも一応交換したが、恭介以外に興味はなかった。別の意味で、恭介にはとても興味がある。

姉は、果たしてこの三窪恭介に恋をするのか。その行方が気になる。

合コンが終わって、幹事だった隆弘が連絡してきた。「今度よかったらご飯でも行かない？」という、いわゆるデートのお誘いだ。

いつもなら、即刻オッケーを出す。隆弘は間違いなくイケメンだ。それも、あたしのこれまでの歴代彼氏の中でも三本の指に入るほど。でも。今は自分の恋愛ゲームより、姉と恭介が気になる。

恭介と姉を、一体どうやって引き合わせようか。姉のことだ。一対一で会うのは絶対に無理だろう。あたしと姉と恭介の三人でも、姉は不思議がるだろう。それならば、ここは隆弘に協力してもらおうか。

「よければ今度、数人でご飯に行きませんか？」

隆弘はふたりきりのデートでなくても、この誘いに乗ってくる気がしていた。あたしと同じタイプの人間だ。暇つぶしがしたいのなら、デートでなくてもやってくるはず。

「いいよ。いつにする？　行きたいお店とかある？」

思った通り。彼も、誰でもいいのだ。あたしと同じように。

あたしは恋ができない病にかかっている。そう気づいたのは、中学生のときだった。いや、病ではない、もはや呪いだ。本物の恋が存在しているとしたら、あたしの運命の相手はもうこの世にいない。だから出会えないのだろう。

でも、本物の恋なんてあたしには必要ない。だって、あたしはモテるから。あたしは今も昔もモテる。男がいなくて困ったことは一度もない。別れても、すぐに新しい男ができた。

鏡越しに、スマホを片手に退屈そうな自分の顔が見える。ふと、中学の頃の出来事が頭に浮かんだ。

中学のとき、親しかった友達が恋をしていた。それも、どっぷりと底のない沼にはまるような恋だった。あたしはそんな恋、今も昔も知らない。

その親友が言っていた。一日中、彼で頭がいっぱいで、それ以外なにも考えられない。彼と廊下や下駄箱（げたばこ）ですれ違うだけで、胸が高鳴って苦しい。ほんのちょっとでも話ができたなら、一か月はずっと幸せでいられるとか。

そんなに好きなら告白すればいい。早く想いを伝えた方がスッキリするし、相手にもその気があれば晴れてカップルになれる。怖がる必要なんてひとつもないじゃないか。

　しかし友達は告白する勇気がないと言った。振られるのが怖いと言うのだ。そんなもの、告白してみなければわからない。振られるかもしれないが、もしかしたら付き合えるかもしれない。可能性はゼロに近くても、ゼロではない。たとえ振られたとしても、男なんて他にいくらでもいる。もっとイケメンだっているだろう。

　友達は、それから一年後にようやく告白を決意した。一年以上も片想いの状態でいるなんて、どうかしている。あたしにはさっぱりわからなかった。

　結果は玉砕。他に好きな人がいるのだと断られた。

　それからしばらくして、あたしは友達が告白した相手から呼び出された。あたしのことがずっと好きだった、と告白された。

　断る理由がなかった。嫌いではない。だが好きでもない。付き合おうと思えば、簡単にできると思った。学校内でも人気だったし、頭もいいし、性格も悪くない。もしかしたら、付き合ってみたら好きになれるかもしれない。はじめはそんな気持ちだった。だから「いいよ」と答えた。

　あたしが白雪姫だったら、王子様と結婚する意味はよくわかる。キスされて、目を薄っすら開けてみる。そこに立っているのが、不細工で身なりがボロボロだったら寝たフリをして目覚めないだろう。相手がおっきな王冠をかぶった王子様で、顔もそこそこイケメンなら見知らぬ人でも結婚できる。金と見た目がある程度の基準を満たしていたら、それでいい。それが幸せだ。愛なんて目には見えないものを探すより、見た目ではっきりわかるものの方がずっといい。生活していくには金が必要だし、共に過ごすのなら見た目も重要だ。

あたしと彼が付き合ったことに、友達は喜ばなかった。喜ばないどころか、激しく非難された。どうして断らなかったのか。友達の好きな人とどうして付き合えるのか、と。

彼は友達ではなく、あたしを選んだ。友達ではなく、あたしと付き合いたいと思った。だったら、別に付き合ってもいいじゃないか。彼を想うのなら、それも幸せの形じゃないか。

友達は、「本気で好きな人だからこそ、私と同じように彼を好きだと想ってくれる人と一緒になってほしいって思うものなの」と言った。なにを言っているのか、あたしにはさっぱり理解できなかった。なんて重たい女。彼はあたしが好きなんだから、彼にとってはそれが幸せだ。だって、友達はどれほど彼を想っても彼の好きな人に昇格できなかった。だいたい、中学生の恋愛だ。将来の結婚を誓い合ったわけではない。

——杏子は、本当の恋なんてできないよ。

その友達とは、それっきり。卒業するまで一切口を利かなかった。今どこでなにをしているのかも知らない。

人を好きになるって、どういうことなんだろう。いい人ならばなおさら、付き合えば恋に落ちるかもしれない。なんだって試さなきゃわからない。あたしは中学時代、そのチャンスをもらったと思っていた。でも友達には、あたしの考え方は理解できなかったのだろう。

本当の恋なんてできないよ、という彼女の言葉が、あたしの中にいつまでも呪いのように残っている。友達の好きな人と軽い気持ちで付き合ったから、呪われたのだろうか。

結局、あたしが彼を本気で好きになることはなく、恋愛ごっこがつまらなくなり、あたしの方から別れを告げた。どのくらいの期間付き合ったのか、今ではもう思い出せない。びっくりするくらい短かったと思う。

あたしは今まで一度も、恋をしたことがない。恋って、一体なんだろう。そんなにいいものなのか。どうしてみんな恋して浮かれて、泣いたり笑ったり情緒不安定になったりしたがるのだろう。傷ついて傷つけて、苦しむのだろう。バカみたいだ。恋愛なんて、本気でするものじゃない。遊びでするのが一番楽で、傷つかない。あたしがな

により の証拠だ。これっぽっちも、傷ついた記憶がない。相手も、当然遊びだから。

隆弘とたとえ付き合ったとしても、傷つかないだろう。彼も、そうやって何人もの女と遊んできたのだろう。本気という言葉を知らない人たち。あたしも同じ。本気で人を好きになるって意味が、わからない。

はっと我に返る。柄にもなく昔のことを長々と思い出していた。すぐに話に戻った。

「恭介くんと、あたしのお姉ちゃんの四人でランチビュッフェに行かない？　おしゃれなところ知ってるんだ」

「変わったメンツだね。みんな知り合い？」

隆弘は、絶対変だと思っているに違いない。普通、こんなめちゃくちゃな組み合わせはないだろう。

「恭介くんと同じバイト先だよね？　恭介くんの好きな人って、知ってる？」

「好きな人？　ああ、あのお客さんの？」

「あれ、あたしのお姉ちゃんなんだ」

へぇ、世間って狭いんだなぁ。と隆弘は言った。おそらく、隆弘もバイト先で姉と会っているはずだ。

人見知りの姉だから、四人で会ってもなにも話さないだろう。恭介が告白しても、断るだろう。でももし、あたしが考えている展開とは違ったら。それはそれで、やっぱり面白そうだ。恭介は姉に本気で恋している。それが一番面白い。

姉を誘うのは妹のあたしでも簡単ではない。平日は職場と自宅を往復するだけ。寄り道しても駅近の本屋ばかり。休日はあまり外出しないし、当然人とも会わない。出かけるときは決まって映画館。しかも、早朝かナイトショーのどちらかだ。

姉を誘ってみたが、二度も断られた。しかし、あたしだってそんな簡単に諦めない。根気強く誘い続けた。なにも話さなくていい、ただご飯を食べていてくれるだけでいいから、と言うと渋々了承してくれた。

当日、恭介は面白いくらいに緊張していた。姉は一言も話しません、というオーラを全身に纏っていた。きょうのこの集(つど)いが、姉と恭介を引き合わせるためのものだなんて、姉は気づいていないだろう。

「ご、ご趣味は？」

バカみたいな質問ばかりする恭介に、隆弘がなにやらアドバイスしていた。

そんなもの、効果はない。姉はあたしや他の女の子とは全く別の生き物だ。女の子を落とす方法なんて、なんの意味も持たない。

隆弘が恭介を連れてトイレへと席を外したあと、サラダを黙々と食べる姉に訊ねた。

「会ったことあるんだよね、ふたりと」

「……うん。会ったことはあるけど」

興味はない。そう言いたいのだろう。恭介の話だと、本屋に来た姉に何度か話しかけたらしい。姉をナンパで落とすのはたぶん不可能だ。怖がって全力で逃げてしまう。野良猫と同じ。警戒されておしまいだ。

「ふたりとも、カッコいいよね？」

「……」

そういえば、あたしは姉のタイプを知らない。姉の好みの男とは、一体どんなものか。聞きたいが、おそらく聞いても教えてくれないだろう。でもひとつだけ、確信している。姉には昔恋人がいた、と。

もうずっと昔の話だ。姉がまだ大学生だった頃の話。姉は自分について滅多に話さないから、家族も姉をよく知らない。読書が好き、映画が好き、甘いものが好き。人見知りで、友達が少ない。その程度の知識しかない。

でも、大学生の頃の姉から恋の香りがしたことがあった。あの頃の姉は、今よりずっと明るかったように思う。もちろん、それでも普通の人と比べたら根暗なんだろうけれど。これまでファッションに興味すらなかったのに服装に気を配るようになったり、化粧（けしょう）をするようになったり、料理をしたり、母から着付けを習ったり。あの頃の姉は、かなり行動的だった。

恋をすると女は変わると言うらしい。自分自身にそれはないが、他人を見ていればよくわかる。姉は、あのとき絶対に恋をしていた。相手は、どこの誰だったのだろう。

トイレから戻った恭介は、行水（ぎょうずい）でもしたみたいに顔や髪の毛が濡れていた。あえて、それには触れないでおく。面倒くさい。

「お姉ちゃん、それ美味しい？」

「……うん」

本当に、人見知りにもほどがある。姉はきっと、一生誰とも結婚しないんだろうな。

「ふたりはよく姉妹で出かけるの？」

隆弘が訊ねる。

「頻繁には出かけたりしないけど、たまには行くよね？」

姉は答えない。理由はわかっている。これが嘘だからだ。

あたしと姉がふたりで出かけることなんて、滅多にない。だから姉は答えなかったんだろう。空気を読んで「そうだね」とは言ってくれない。だが、姉が極度の人見知りだとこの場にいる誰もが知っている。姉が答えなかったとしても問題はない。

嘘をついた意味は特にない。ただ、仲が微妙な姉妹より、まあまあ仲良しな姉妹でいる方が印象がいいと思った。ただそれだけだ。

コミュニケーション能力が完全に欠落している姉の、一体どこに惚れたというのか。顔にしたって、あたしの方が断然上だ。

でも、ほぼ無言の姉を見つめる恭介の眼差し。違う。他の男とは全く違う。強くて熱い眼差しだ。

それがなんなのか、あたしにはわからない。もしかしたら、あたしには一生縁がないものなのかもしれない。

ふと、心の中にぽこっと穴が開く。あたしには一生わからない、なにか。これが、恋なのか。


――どうして姉が好きなの？


楽しそうだと思って自分で計画したランチビュッフェだったのに、ちっとも面白くない。姉は話さないし、恭介は純粋に姉ばかりを見ていて話にならない。

ぶっ壊そうと思えば、今すぐにでも壊せる。「恭介くんはお姉ちゃんが好きなんだよ」と姉に言えば、姉は絶対に拒絶するだろう。恭介はこの場で玉砕する。

でも、なんのためにあたしは壊したいのだろう。


――どうして姉が好きなの？

同じ言葉が頭の中をぐるぐる回る。

隆弘と恭介がふたりであたしを取り合ったっていいのに。喉まで出かかって、ローストビーフと一緒に飲み込んだ。

姉は賛成しなかったが、最後にみんなで連絡先を交換し合った。と言っても、あたしは全員の連絡先を知っているし、隆弘は姉の連絡先なんて必要なかっただろう。でも、その場の空気に合わせて「交換しましょう、せっかくだし」と先陣を切っていた。

食べ放題九十分のランチビュッフェだったのに、一時間もしないで解散した。隆弘が熱心に話題を振ったり盛り上げようとしたりしていたが、会話はちっとも弾まなかった。むしろ沈んでいくような気分だった。早々に解散できて、ある意味ラッキーだった。

これ以上続けていたら、あたしの頭がどうにかなってしまう。

その夜、隆弘から電話があった。

「きょう、なんかうまくいかなかったね」

スマホの向こうの声は、作り物ではなく本心からがっかりしているように聞こえた。恭介を応援しているのだろうか。

「隆弘くんが一生懸命繋いでくれたけど、お姉ちゃんって本当にひどい人見知りだからさ。ごめんね」

「杏子ちゃんが謝ることじゃないよ」

つまらない電話。変に会話を繋ぐのも面倒だったので、隆弘の反応を待った。

「あのふたり、うまくいくと思う？」

「いかないと思う」

即答した。だって、どう考えたってうまくいくはずがない。ダメ元で告白したところで、それは明白だ。姉は、恋愛に興味がない。万が一あったとしても、あれほど奥手な姉だ。そう簡単に心を開いてくれるとは思えない。

「ふたりをくっつけたいの？」

なぜかそんな気がして尋ねてみた。

「いや、そういうわけじゃないんだけど。三窪、ずっと邑子さんを追いかけてたからさ」

一目惚れって、恋に落ちるのも早いけれど冷めるのも早いと思っていた。でも恭介は違う。本当にわからない。なぜ、姉なんだ。あたしに一目惚れしたっていいものなのに。あたしじゃなくたって、姉より美人はこの世に山ほどいるはずだ。

「楽しくなかったよね、きょう。ごめんね」

「だから、謝らないで」

隆弘はそう言って「あ、でも」と言葉を続けた。

「もしよかったら、今度はふたりでどこかご飯でもどうかな？」

それが、目当てか。

恭介と姉をくっつけるフリをしてでも、隆弘は結局恋愛ゲームがしたいのだ。

「うん、いいよ」

姉と恭介の恋の行く末は見えている。早めに暇つぶしできる他のおもちゃを見つけておかなければ。隆弘は、それにはもってこいの人間だ。


あたしが隆弘とデートを重ねている間、恭介は一方的に姉にアプローチしているようだった。恭介からは、何度も相談の連絡があった。

なんで、諦めないんだろう。

見込みのない恋愛をしていても、意味がない。姉は絶対に恭介に恋をしない。別に、恭介が悪いわけではない。他の男であっても同じことだ。姉は、おそらく恋なんてしない生き物なのだ。

姉は誰とだって、壁を作る。距離を取る。一線を引いているのだ。だから、誰と話をしたって同じ。実の親とだって、妹のあたしとだって、そうなのだ。でも、もしかしたら飼っている金魚には話しているのかもしれない。そう考えると、ぞっとした。

姉はたまに実家に帰ってくる。きょうも、数か月ぶりに帰ってきた。姉のアパートは実家からさほど遠くはない。それでもあまり帰ってこない理由は、あたしにもなんとなくわかる気がする。姉が帰ると、母が訊ねるのは毎回「仕事はどう?」「恋人はできた?」「結婚はどうするの?」、この三つだけだ。たぶん、いや絶対にこれが原因だろう。

自分たちの結婚はとっくの昔に破綻しているのに、娘に結婚を勧める意味がわからない。いまどき、結婚なんてしなくても十分幸せに暮らしていけるじゃないか。姉には安定した仕事があるし、ひとり暮らしもできている。特にこれといった趣味もなさそうだから、お金だって順調に貯まっているはずだ。それで十分じゃないか。

それとも、孫の顔が見たいという親心だろうか。

母の質問に姉は悲しそうな表情をして、一言「大丈夫」とだけ言った。

姉は特別好きではないけれど、時々同情してしまう。結婚しない人が増えているとはいえ、結婚しないと周囲から結婚を執拗に勧められるのは変わらないのか。親だけじゃなく、親せきや祖父母、近所の人たちからの重圧。「結婚は?」と声には出さなくても、みんなそういう顔をして見てくるのかもしれない。変な世の中だ。

姉が帰る日はいつも決まって姉が好きな料理ばかりが並ぶ。カレイの煮つけや母が作った漬物。ほとんど肉がない肉じゃがに茄子の味噌汁。でも、姉はあまり手をつけなかった。母の圧力のせいだろう。

姉はあしたも仕事だからと、夕飯時にちらっと顔を出して帰っていった。コンビニに行きたいから、と嘘をついてあたしも姉と一緒に家を出る。本当は、姉の本心を探りたいからだった。姉は恭介をどう思っているのか。それが知りたい。どうしても。

「お姉ちゃん、結婚したいの？」

まず、母が毎度言う結婚のことから訊いてみた。

「……したことないから、わからない」

なにそれ。当たり前じゃん。あたしだってわからないし。

「そうじゃなくって、お姉ちゃんが今結婚したいのかどうかってこと」

姉はう一ん、と唸って結局答えなかった。本当に、姉は自分の気持ちを話してくれない。だったら、もうズバッと本題に入ろう。

「恭介くんは、お姉ちゃんに本気だよ。どうするの？」

姉は急にぴくっと小さく身体を震わせ、耳の後ろを掻きむしった。恭介という言葉にアレルギーでもあるのか。それとも、恭介自体がアレルギーの根源か。

「そんなこと、ないと思う」

恭介、ドンマイ。姉には恭介の本気さが一ミリも伝わっていないようだ。

「恭介くんのこと、嫌いなの？」

「嫌いじゃないよ。……どうでもいいかな」

姉に悪気はないようだが、今ここに恭介がいたら、間違いなく面白いくらい落ち込んでいただろう。

時々、姉に人間味を感じない瞬間がある。姉って、ずっとこんな感じだったっけ?

「私なんかより、杏子の方が年も同じだし、合うと思うけど」

「あたしが?　恭介くんと?」

ないないないない。ない。絶対、ない。

姉なんかに興味を持っている男に、あたしの魅力がわかるはずがない。そんな男、遊びだとしてもお断りだ。

「恭介くんがもし、告白してきたらどうする?」

すると姉は眉間に皺を寄せて「冗談はやめて」と言った。そんなに告白されたくないのか。変なの。

「あんまり遅くならないように帰りなさいよ」

急に母親口調になる。姉とそこまで仲が良くないのは、年が離れすぎているのもひとつの原因かもしれない。姉はいつだって、あたしの母親みたいだ。当の母親は、あたしには全然厳しくない。むしろ放置されている。

「小学生じゃないんだから」

「小学生じゃなくたって、夜は危ないんだからね」

「わかった。早く帰る」

ちょうど信号が赤になったので、姉とはそこで別れた。姉と一緒にいると、面倒くさい。偶然にも角を曲がったすぐ先にコンビニがある。特に用事もないのに、入った。

人の人生をとやかく言える立場じゃないってことは、よくわかっている。あたしの人生だって、めちゃくちゃだ。やりたいことも、目標もなにもない。毎日ただ、なんとなく生きているだけ。呼吸しているだけだ。

だけど、姉は毎日なにを楽しみに生きているのだろう。残業はあまりない仕事だと聞いていたが、定時で帰れたとしても読書や映画鑑賞だけなんて退屈すぎて死んでしまう。人の趣味や楽しみはみんなそれぞれ違うけれど、姉の場合は全く理解できない。友達だって、ほとんどいないかもしれない。

姉は、大丈夫なんだろうか。

特別読みたくもない雑誌をパラパラめくって、アイスクリームをひとつだけ買うとコンビニを出た。ふと空を見上げると、みかんの皮のように薄い三日月が浮かんでいた。

恭介から会って相談がしたいと言われたのは、十月も終わる頃だった。また姉の話を聞かされるのかと思うと気が重かったが、きょうは隆弘と会う予定もなく暇だったので、仕方なく会うことにした。

駅前で待ち合わせて、なんとなく相談に乗ってさっさと切り上げる。その後は今度隆弘とデートするための服を買いに行く。きょう出かける理由は、恭介の相談よりむしろ後者の方が大きい。

　家にいても退屈なので、恭介との待ち合わせよりも早くに家を出た。目的もなく、ただ駅前周辺をぶらぶらしていた。そこで、まだ約束よりずっと早い時間なのに人混みの中にいる恭介を見つけてしまった。なぜだろう。こんなにも人がたくさんいるのに、恭介だけが違って見えた。他の人は白黒なのに、恭介だけが色鮮やかだ。

「恭介……くん」

　思わず声をかけると、振り返った恭介と目が合った。

「あ、杏子ちゃん！　ちょっと早めに着いたんだけど、杏子ちゃんはどこか行く予定があった？」

「あたしも早めに来たんだ。特に用事はないよ」

「じゃ、そこのファミレスでも入ろっか」

　にぃ、と笑う恭介が遠くにいるみたいに感じた。あたしと恭介の間には、薄い膜がある。近いようで、でも直接触れられない。

　恭介はあたしと全然違う。恭介はバカみたいに純粋で真っすぐ。あたしが知っている男たちとは違う。隆弘やあたしのように、恋愛をゲームや暇つぶしだと考えていない。恭介にとって恋愛は、いつだって真剣なものなんだろう。真剣に恋するなんて、自分が傷つくだけだし、あれこれ悩む羽目になる。恭介を見ていたらそれが十分わかった。

かつてあたしに好きな人を取られた、中学時代の友達もそうだ。

恭介は姉が好きだろうけど、姉なんかに恭介はもったいない。姉は、恋なんてしないのだから。恭介のことは、嫌いでもない、どうでもいい人だと姉は言った。恭介と姉は、絶対に付き合うべきじゃない。恭介が毎日姉を想って悩んでいるとは知らず、姉は自分の世界に閉じこもっているんだろう。

ファミレスに入るなり、すぐ姉の話に切り替わった。恭介の口から「邑子さん」と姉の名が出るたび、心の中でなにかが蠢（うごめ）いた。黒くてドロドロした、なにか。それはぐるぐるとあたしの身体の中を這（は）いずり回って、外へ出たがっているようだった。

恭介は痛い思いをするかもしれないが、振られて現実を見た方がいい。そうすれば、きっと姉を諦めるだろう。変な期待をさせるから、いけないのだ。さっさと振られて、次へ行った方がいい。

「もう気づいてると思うんだけどね、恭介くんの気持ちには」

「ってことは、俺には望みなし？」

その一言に、否定するわけでも肯定するわけでもなく、あたしはカフェオレを飲んで、告白して玉砕するプランを恭介に提案した。

とはいえ、恭介にはとても「告白して玉砕しよう！」とは言えない。なので、もうはっきり想いを伝えてしまった方がいいんじゃないかと言い換えて提案した。姉も恭介が自分に関心があるとすら考えていないのだから。告白して振られたら、きっと恭介もいかに自分が無謀な恋をしているか思い知るだろう。

この提案は、猪突猛進タイプの恭介には十分効果があった。

恭介はあたしの計画に瞳をキラキラ輝かせて、真剣に聞いてくれた。この物語の結末は、あたしにははっきり見えている。恭介は振られるのだ。あたしの姉、池谷邑子に。きっと、恭介はあたしに振られた報告をしてくるだろう。泣きながら。

その光景があたしにはまるで現実のように目の前に見えた。

しかし、あたしの計画とは違った点が、ふたつあった。ひとつは恭介から連絡がなかったこと。どこかに出かけたとしても、さすがにそろそろ解散しているだろう、と時計と睨み合ったあと、あたしは仕方なく恭介に電話をした。

「玉砕でした！」と明るい声で恭介は答えた。

だからあたしは、わざわざ恭介を慰めてやろうとお酒やらお菓子やらをたくさん持って、恭介の家に行った。そこでまた計画と違ったもうひとつの点。恭介はあたしに泣きついたりしなかった。それどころか、ほんの一瞬家に上がっただけで追い返されてしまった。振られて辛いのはわかる。いや、正直言うとあたしにはわからない。でも、わざわざ会いに行ったあたしをさっさと帰すなんて。

それ以来、恭介からはあまり連絡がない。姉に振られたことで落ち込んでいるようだったし、その後進展なんてするはずもないとわかっている。相手はあの姉だ。天と地がひっくり返っても、姉が恭介に恋をするはずない。

わかっているのに、なぜかあたし自身が落ち着かなかった。恭介にその後どうかと訊いても、なんだかいまいちパッとしない返事が返ってくるばかり。

どうしてしまったんだろう。自分がわからない。誰かの面影(おもかげ)が頭にチラつくなんて、今まで一度だってなかった。付き合った男の誰ひとりとして、あたしの夢にも現れないのに。

今のあたしは、どうかしている。

だからだ。恭介があたしの頭の中で邪魔してくるせいで、あたしは隆弘から告白されたのに断ってしまったんだ。

あたしと隆弘は、幾度もデートを重ねたが付き合うという展開には至っていなかった。あたしに好意を抱いていることはわかる。でも、いつまで経っても告白してこなかった。まさか、あたしの勘違い？　と疑問に思っていた先日、隆弘に十何回目のデートに誘われた。遊園地に行って、一日中遊び倒した。ジェットコースターに乗り、観覧車に乗り、お化け屋敷にも入った。ムード満点だ。夜は遊園地の近くにある、おしゃれなレストランで食事をした。ここのチーズケーキが美味しいと雑誌に載っていたのを、隆弘が見つけて連れていってくれた。その帰り道、ぴかぴかの電飾で彩られた遊園地を背に隆弘は「付き合ってほしい」と言った。

まるでプロポーズでもするみたいな、完璧な演出だった。これまでの相手と比べても、文句なしの瞬間だった。それなのに、あたしは「ごめんなさい」と断っていた。

どうしてだ。なんで、断ってしまったんだろう。

断った瞬間、自分で自分の言動に理解できず驚いた。思考が追い付かない。家に帰っても、ずっと悶々（もんもん）としていた。

きょうは、隆弘と恭介と出会うきっかけをくれた友人、美佳と会う約束をしていた。合コン以来の再会だ。久しぶりにふたりでどっか行こう、というシンプルな誘いを受けた。美佳とはたまに、こんな感じで会って他愛のない話をすると決まっている。

「どう？」

美佳は会うなりそう訊ねた。この「どう？」は「調子どう？」「元気だった？」という意味ではない。「男はできたか？」という意味だ。

「隆弘から告白されたけど、断った」

美佳に嘘は通じない。高校の頃からそうだった。だから簡潔かつ手短に、あたしの近況を伝えた。

「は？　マジで言ってる？」

美佳はつけまつげとマスカラで盛った大きな瞳をぱちぱちさせた。

「隆弘って、あの三谷でしょ？」

美佳は大きなため息をついて「病院行ってきな」と真面目な顔をした。あたしという人間は、つくづく男ったらしなんだな。

「三谷先輩といえば、イケメンで女の扱いにはバッチリ慣れてる男じゃん。それに、あっちも遊びでしょ？　ちょうどいいじゃん」

美佳も、あたしと同類だ。

「同じニオイがするのは、会った瞬間からわかってたけどさ」

「え？　まさか、好きな人ができたわけ？」

今世紀最大の事件が起きた、とでも言いたげな顔をしている。あたしが「冗談はやめて」と言ったら「マジで好きな人できたんだ」と言い返されてしまった。

「好きな人なんていないって。だいたい、あたしが恋なんて、この世の終わりじゃん」

「死ぬ前に、美味しいものでも食べに行こ」

美佳はあたしを引きずって、ステーキハウスに入った。普段は安いファミレスばかりなのに、本当に世界の終わりだと思っているのだろうか。

店内に一歩入ったとたん、焼けた肉の香ばしい匂いが鼻をくすぐる。こんな店、あたしも滅多に入らない。

席に案内されると、真っ先にステーキハウスのメニューにある一番高いステーキを指さし、勝手にあたしの分まで注文した。

「高いじゃん。そんなお金あるわけ？」

「パパからもらったんだ、臨時のお小遣い」

美佳の言うパパが、本当のパパなのか、それともパパと名乗るただのおっさんなのかはいまいちわからない。でもまあ、おごってもらえるのなら文句はない。ありがたく受け取る。

「あんたに好きな人ができたなんて言われた日には、最高に美味しいものでも食べなきゃやってられないでしょ」

「それじゃ、フレンチとか予約してよ」

「あんたがその人と付き合ったら、予約してやるよ」

美佳はメニューを閉じ、あたしにぐいぐい詰め寄った。

「あたしに嘘は通用しないから。全部話して」

「話してって言われても、本当に好きな人なんていないいんだって」

「好きな人がいないなら、三谷先輩を振る理由なんてないでしょ。杏子って、意外と乙女(おとめ)なところがあるんだねぇ」

乙女なところ、と言われて目が覚めた。鞄からスマホを引っ掴んで、隆弘に電話をする。

「ちょっと、誰にかけてるの？」

美佳をよそに、隆弘が電話に出た。

「もしもし？　杏子だけど」

「どうした？」

「今から、会えないかな」

「今から？　いいよ。ちょうど暇してたところだった」

隆弘に場所を教えると「すぐ行く」と電話を切った。

「なにしてんの？」

「あたし、隆弘と付き合うことにした」

「はぁ？」

あたしはにたぁっと笑って、やってきたステーキにかぶりついた。滅多に注文しない高級ステーキは、値段相応なのかどうかあたしにはよくわからなかった。

隆弘と付き合うのは、思った通り簡単だった。男なんてやっぱり誰でも同じ。

隆弘はあたしが付き合ったこれまでの男よりは、恋愛ゲームとしての遊びが上手だった。でも、所詮中身は他の男と変わらない。やることやって、楽しめればそれでよし。この関係、長く持って隆弘が大学を卒業する頃までだろう。

美佳は一丁前に「好きな人がいるなら、下手に付き合わない方がいいんじゃない？」なんて、まともぶった意見を言った。でも、美佳がクリスマス前にてきとうな男を捕まえて、もうレストランとホテルを予約していると聞いたら、いくら正論でも効き目はない。人間はそう簡単に変われないのだ。

あたしたちは時間さえ合えば、ほんの数時間でも会うようにしていた。合コンで出会った頃はまだ就活中だった隆弘も少し前に内定をもらい、その会社では入社前に研修を行うそうで、隆弘はバイトと大学の卒業論文と研修で忙しい日々を送っていた。だから会うのは少し久しぶりだった。

きょうは風が強くて全身を刺すような寒さだ。「てきとうに近くのカフェで、ちょっと暖まろう」と隆弘が言い、あたしも賛成した。寒さで凍りそうだ。マフラーも巻いているけどちっとも暖かくない。意味がない。

「クリスマスは特別なところに行こうと思ってる」

ホットコーヒーにミルクと砂糖を入れ、ぐるぐるかき混ぜながら、隆弘の言葉をぼんやりと聞き流していた。「聞いてる？」と言われて、リアクションをするべきところだったのか、と我に返る。

「あ、うん。特別なところって、どんなところか想像してた」

考えてもいないのに、簡単に嘘が口から飛び出してくる。そんな自分に驚く。

クリスマスに特別なところ？　大方、ちょっとリッチなレストランとか、某テーマパークとかそんな感じだろう。特別なところなんて、この世界にはない。カップルが過ごすクリスマスの定番だ。

それとも、自宅で手作りディナーなんてしょぼいものだったらどうしよう。いやでも、隆弘もあたしと同じで実家暮らしだ。それはさすがにないと思う。まぁ、バイトしていても所詮はまだ学生だから、そこまで高価なクリスマスは初めから期待していない。去年は六つ年上の社会人と付き合っていたので、結構リッチなクリスマスだった。フレンチディナーにブランドの財布がクリスマスプレゼントだった。

ああ、隆弘へのクリスマスプレゼント。どうしよう。考えるのも面倒くさい。

「クリスマスプレゼントも、考えてるんだ」

隆弘は嬉しそうに微笑んでいる。

隆弘は本当に恋愛ゲームが好きなんだろう。女をちやほやもてなして、プレゼントを贈ったりサプライズを考えたり、デートに連れていったり。つくづく、女でよかったと思うのはこういう瞬間だ。だって、男だったら恋愛ゲームにもお金がかかって仕方がない。

「楽しみ」

いつもの作り笑顔を顔に張り付ける。今や、作り笑顔があたしにとって本物の笑顔だ。

クリスマスにも、クリスマスプレゼントにもこれっぽっちも興味がない。ペアリングはどうせいつか別れるのだから必要ないし、あたしの趣味じゃない物は使わない。それならば現金がほしいと思うあたしは、相当イカれた女なんだろう。

あたしはたぶん、サプライズが嫌いだ。サプライズされるより、ほしいもののリストを渡してその中からひとつをもらう方がよっぽど嬉しい。

ちらっと、隣のテーブルを見る。カップルが隣り合って座り、旅行の本を広げて楽しそうに話し込んでいる。クリスマスか年末年始にでもどこかへ旅行する予定なんだろう。

男の顔はまあまあ。中の上くらい。女は中の下くらいか。さらに隣の席でひとり座る男は、結構イケメンだ。

時々、暇すぎると近くにいる人たちの人間観察に没頭してしまう。勝手に顔面偏差値をつけて楽しむのが趣味だったりする。

ふと、前に座っている隆弘を見る。顔はやっぱり整っている。このカフェの中にいる店員を含め、一番カッコいい。

……だけど。

「あー、三窪だ」

隆弘がスマホを見て言った。三窪という言葉に、びくっと身体が反応する。

「え？　恭介くん？」

「なんか、バイトのシフトで代わってほしい日があるって相談」

ふうん、と答えて外を見る。

恭介、まだ姉を追いかけているのかな。なんで、姉がいいんだろう。あたしにしておけばいいのに。

「あいつ、まだ杏子のお姉ちゃんが好きなの？」

「そうなんじゃない？　この前告白して振られたらしいけど」

笑いながら答えると「なんで知ってるの？」と訊かれた。

「前にちょっとだけ相談に乗ってたから。振られたけど、諦めてないと思うよ」

今度は隆弘が「ふうん」と答えて、スマホをいじっていた。

隆弘は、あたしのなにがよくて付き合うことにしたのだろうか。あたしが合コンメンバーの中で一番タイプだったからだろうか。それとも、隆弘も同じニオイを嗅ぎ取ったのだろうか。もしくは、あたしが一番落としやすそうに見えたとか？

訊いてみたいけど、おそらく本当の答えは教えてくれない気がする。てきとうな嘘を並べられておしまいだ。

「隆弘は、なにかほしいものはある？」

クリスマスプレゼントを考えるのは面倒くさいが、あげないわけにはいかないので仕方なく訊ねた。

「特にないかな」

そう言うと思った。これじゃ、なんの役にも立たない。

「杏子は？」

「あたしは、新しいブーツがほしいな」

絶対に隆弘が買わないだろうものを答えておく。さすがにブーツがクリスマスプレゼントにはならないだろうし、プレゼントするにはちょっとハードルが高いはずだ。足のサイズも知らないだろうし、プレゼント選びに悩むがいい。

「今から買い物行かない？　俺、ちょっと本屋に行きたいんだけど」

「いいよ」

人間観察もそろそろ飽きてきたので、ちょうどよかった。

あたしたちは店を出て、当たり前のように手を繋いで、時々微笑み合って買い物をした。これが普通のカップルだ、というポーズを取りながら。通りすがる誰もが、あたしたちを羨むだろう。美男美女カップルだ、と。あたしたちの笑顔を嘘だと思う人はいない。

その日の夜、恭介から連絡があった。スマホに通知が入ったとたんに、なぜだかものすごく嬉しくなった。

返事は早い方がいい？　焦らして遅くした方がいい？　そんなあたしらしくない疑問が、頭の中にぱっと現れる。

恭介は相変わらず姉を追い求めているらしい。文面からは、うじうじ悩んでいる様子が伺える。悩み苦しむ恭介の顔が容易に想像できた。「久しぶりに会って話そうよ」と、恭介を誘ってみた。すぐに「会って話したい！」と返事が来た。

恭介に会える。

ふと、部屋の鏡に自分の顔が映った。

気持ち悪いほど、にやにやしただらしない表情。自分で自分の顔にドン引きする。

どうしたんだ、あたし。らしくないじゃないか。

代わりに「クリスマスプレゼント　彼氏　おすすめ」で検索して、出てきたものを順に見て時間を潰す。クリスマスなんて、面倒だからやっぱり嫌いだ。

恭介と約束をした日、あたしはなぜかクローゼットの中を引っかき回していた。どうしても、きょうの服が決まらない。

いつもなら、特になにも考えずにさっさと選ぶ。寝ぼけていたって簡単に選べる。それなのになぜかきょうは、どれを見てもピンと来ない。買ったばかりの服もあるのに、これも違う。お気に入りのワンピースもそうだ。

授業に遅れそうになって、慌ててきとうな服を着て家を出た。帰りに服を見に行こう。買って、すぐ着替えたらいい。隆弘とクリスマスデートするときの服を買うつもりだったし、ちょうどいいや。

大学の講義はどれもつまらない。他の学生たちもたぶん同じ気持ちだろう。周りを見れば、みんな机に突っ伏して寝ている。前に立って説明している教授の言葉も、ちんぷんかんぷんで頭に入ってこない。今一番気になるのは、教授の髪形だ。あれは絶対にカツラだろう。髪の位置がおかしい気がする。そんなことばかりが気になって、講義には全く集中できない。

そういえば、恭介は福祉大学に通っていると聞いた。資格の勉強やバイトで忙しくしているけれど、恭介には夢がある。あたしを含め今ここにいる学生たちのほとんどは、あたしと同じ理由で進学してきたのだろう。夢はないが、就職する気もない。大学に行って、しばらく遊んで考えよう。その程度の人間たちだ。バイトや部活やサークル。遊びにばかり目がいって、将来のことなんてなにひとつ考えていない。あたしはバイトも部活もサークルもやっていないが、他で遊んでいる。バイトでも始めてみようか、と思ったことは何度かある。でも親からお小遣いがもらえるし、特にほしいものもないし、お金には困っていない。バイトする必要がなかった。

将来の夢なんて、みんなどうやって見つけ出すんだろう。小さい頃は、ケーキ屋さんになりたいとか、お花屋さんになりたいとかいろいろあった。なのに、いつからだろう。夢や目標が描けなくなったのは。

あたしにできる簡単な仕事で、定時で上がれて、土日祝日休みで、ボーナスもしっかりある会社に入れたら最高だ。だけど、今の世の中そう簡単に、理想の会社には入社できない。こんな底辺レベルの私立大学じゃ、あたしの行く末はもう、とっくの昔から決まっている。働いても働いても給料は上がらず、上司のモラハラセクハラとカスハラに悩みながら、転職を永遠に考え続ける日々。

でもたぶんあたしのことだから、てきとうな男を捕まえて、幸せなフリをして結婚するだろう。そう、二十代半ばくらいで。もしかしたら、仕事が嫌すぎて入社一年も経たずに寿退社(ことぶきたいしゃ)するかもしれない。専業主婦でいるためには、ある程度お金を稼げる男を狙う必要がありそうだ。

楽して生きたい。これがあたしのモットーだろう。だからきっと、本気で恋愛なんてしないのだ。何事も本気は大変だから。まぁ、本気になったことなんて、今まで一度だってないけれど。

講義を終え、バイトが休みだという友達数人とショッピングモールへ行って買い物をした。恭介はバイト終わりに会いたいと言っていたので、時間は十分ある。

「彼氏とデートのため？」「いいなぁ、クリスマスはどこに行くの？」「サプライズ？

羨ましい」と友達はみんな口をそろえて言った。

「でも、全然いいのが見つからないんだよね」

店をいくつも回る。店内を物色し、店員からの鬱陶しい声かけを無視して、ようやくとっておきの一枚を見つけた。白いニットのワンピースだ。シンプルだけど可愛い。それに、ちょっと大人っぽい。

友達はそのまま帰宅し、あたしは友達と別れたあとにトイレで着替えた。小さなハートのピアスを耳につけて、短い髪を耳にかける。鏡に映る自分を隅から隅まで念入りにチェックした。よし。恭介は、どう思うかな。

……恭介？

なんで、恭介なんだろう。隆弘とのクリスマスのために買った服なのに。もちろん、きょう会うのは恭介だけれど。

さっと化粧を直して、少し濃いめにチークを入れる。薄いピンク色のリップを塗って、準備は整った。少し早めに行って、恭介を待とう。

道の途中、ショーウインドウに映る自分を見た。こんな美人が近くにいるっていうのに、なぜ恭介はあたしに興味がないんだろう。ちょっとでも、女としての魅力を感じたりしないんだろうか。通り過ぎるどの女より、あたしの方が美人だ。自画自賛ではない。実際に、モテるのだ。

クリスマス前の街はずいぶん賑やかだった。派手な電飾に彩られ、道行く人たちも浮かれて見える。ショーウインドウの向こうのマネキンは、ブランドもののバッグや服を持たされ着せられ、うんざりしているように見えた。

すれ違うカップルたちは、みんな幸せそうに見える。手を繋ぎ、白い息を吐きながら言葉を交わす恋人たち。あたしは、ショーウインドウの中のマネキンだ。どれだけ着飾っても、どれほど美しくても、本物にはなれない。一気に、全身が冷たくなった。

カフェに入ると、多少傷が和らいだ。店内の暖かさで緩和されているのだろう。恭介はまだ来ないので、先に席に座りカフェオレを注文した。ここのマフィンは美味しいと友達に聞いていた。でもまだ一度も食べたことがない。恭介に、美味しいんだって、なんて紹介しておいて、まだ自分も食べていないなんて。

恭介の分も買っておこう。きっとバイト終わりでお腹が空いているはずだ。

追加でチョコレートマフィンをふたつ注文しておいた。恭介が喜ぶ顔を、頭に思い浮かべながら。あの犬のように純粋な笑顔を。

しばらくして、恭介がやってきた。カフェに入ってきた瞬間、すぐにわかった。店内をきょろきょろして、あたしを探している。思わず手を振った。

「あたし、もうカフェオレ頼んじゃった。恭介くんも頼んで」

恭介の鼻先が赤い。外はずいぶん寒そうだ。あたしも少し前まで外にいたのに、この暖かい店内にいるとつい寒さを忘れてしまう。

「マフィン、買っておいてくれたの？」

想像した通り、恭介は嬉しそうにマフィンを見つめている。今にも食らいつきそうだ。

「早めに来て、ふたり分ね」

「ありがとう」

恭介のお腹がぐーっと鳴る音があたしにも聞こえた。思わず、笑いを堪える。

「ご注文はお決まりですか？」

さっきあたしの注文を訊いてくれた店員さんがやってくる。黒い髪をざっくりひとつにまとめて、いかにもカフェの店員さんという感じだ。

「じゃあ、ホットコーヒー。ミルクと砂糖もお願いします」

店員にも愛想よく注文する恭介に、ふと疑問に思う。もしかして、恭介は黒髪好きか。姉もこの店員も黒髪だ。あたしはモカブラウン色に染めているが、黒髪にした方がいいんだろうか。

いや、なにを考えているんだあたしは。黒髪かどうかなんて。それ以前に、恭介の好きなタイプに合わせようとするなんて。今までだって、誰かの好みに合わせたことはない。いつだってあたしがしたい髪形、したい髪色に染めている。黒髪なんて、高校生までだ。

「ねぇ、どうしてお姉ちゃんが好きなの？」

思わず、唐突にそう訊ねてしまった。訊ねてから、バカなことを訊いてしまったと後悔する。

「え？　どうしたの、急に」

恭介はびっくりしているようだった。

「いいじゃん。一目惚れ、なんだよね？」

一目惚れする奴は、内面なんて見ていない。姉は確かに美人だ。でも、あたしには負ける。ふたり並んでいたら、絶対にあたしに一目惚れしていたに違いない。それに恭介は四人で会ったり連絡を取り合ったりして、多少なりとも姉の内面に触れているはずだ。それなのに、まだ姉に恋しているなんて。おかしい。姉の一体どこに惚れるというのか。

「うまく言葉にできないんだ。邑子さんの寂しさというか、哀しさというか、そういうのが見えた気がして、気になったのかな」

「確かにお姉ちゃん、幸薄そうな顔してるもんね」

「いや、そういうことじゃなくってさ」

先ほど注文を取った店員がコーヒーを運んできた。

恭介はコーヒーにミルクと砂糖を入れ、一口飲んだ。すぐに幸せそうに目を細めて、ホッと息を漏らす。全部表情に出てしまうのは、恭介の良さであり悪いところだ。まさに犬みたいな男。ペットショップのガラスケージの向こうで、尻尾をブンブン振る犬みたいだ。こんな単純な男で遊んだって、つまらないだろう。恋愛ゲームには向かない。

「あれから進展あったの？」

「ないよ。バカみたいに何度も告白したら、鬱陶しいかなって思って」

もうすっかり冷めてしまったカフェオレをスプーンでかき混ぜながら、一言「ふぅん」と言った。つまらない。

「最近、邑子さんはどうなの？」

「どうって？」

「元気って意味だよ」

「元気なんじゃない？」

姉とは全然会っていない。あれから実家にも帰ってこないし、あたしたちは仲良し姉妹でもない。

「なんであたしに聞くの？」

「本人にメールで聞いても、あんまり話してくれないし」

「直接本人に聞けばいいのに」

なんでもかんでも、あたしに訊かないでほしい。姉のことは、妹のあたしにだってよくわからないのだ。

「どうしたの？　なんかあった？」

「……ないよ」

いつもはにこにこ偽物の笑みを張り付けて恭介と話せるのに、きょうは無理だった。できない。どうしてだろう。不機嫌な態度を取ってしまう。

「さっき、三谷先輩も怒ってたみたいだった。俺のせいかな」

「そうなんじゃない？」

「え……そうなの？」

隆弘がなぜ機嫌が悪いかなんて、知ったことじゃない。どうせ卒論がうまくいかないとか、そんなものだろう。

「ねぇ、もうお姉ちゃんのこと諦めたら？」

「どうして？」

どうしてって。恭介は、一体あと何回姉に告白するつもりなんだろう。どれだけ振られたら、諦めるつもりなんだろう。一度振られただけでも十分に傷ついたはず。それなのに、まだ挑戦するつもりなのか。

「お姉ちゃん、もうずっと恋愛なんてしてないよ。興味ないから、そういうの。恭介くんがどんなに諦めなかったとしても、お姉ちゃんは誰にも振り向かないと思うよ」

「そうかもしれないけど……」

恭介はコーヒーを飲んで、今度はさっきとは違い、苦そうな顔をした。

「どうして諦めないの？　無理じゃん」

「気持ち悪いって言われても、嫌いだって言われても、諦められないんだ。邑子さんが好きだから」

好きな人にせっかく想いを伝えたのに、気持ち悪いと言われた。なのになぜ、そんなにも強い気持ちでいられるんだろう。意味がわからない。

姉のどこがいいのだろう。姉のなにがいいのだろう。あたしと姉はなにが違うのだろう。姉は、恭介のことなんてこれぽっちも気にしていないのに。恭介の気持ちだけが一方通行なのに。

「もう、あたしにしとけばいいじゃん」

つい、声に出してしまった。きょうはどうしたんだろう。

恋愛ゲームは得意なはず。それなのに、きょうは自分から自滅しそうな言葉や態度を取ってしまうのはなぜだろう。

「あたし……？　あたしって、杏子ちゃんのこと？」

恭介は目を大きく見開いて、ぽかんとした表情を浮かべた。頭の上にクエスチョンマークが飛び交っているのが、あたしには見える。

　思わず、俯いた。恭介に今の顔を見られたくない。

　バカみたいだ。告白してるみたいじゃないか。それも、なんてカッコ悪い告白の仕方だ。

「ほんと俺、情けないよな」

　恭介は訳もわからず頭を下げる。

　あたしも訳がわからず恭介を見た。

　今の言葉の意味はなんだ？　わからない。

　あたしにしとけばいい、という言葉の真の意味が恭介には伝わらないのか。

　あたしも大概だが、恭介もバカだ。

「バカみたいに邑子さんを追いかけて。……でも、だからと言って杏子ちゃんにするのはおかしいよ。そんなの、もっとカッコ悪い」

　なにそれ。あたしが振られたみたいじゃないか。なぜ本気の回答をしてくるのか、こんなときに。

　あたしは呆れて「ふぅん」とだけ答える。

「って俺、おこがましい回答しちゃったけど、俺のために冗談言ってくれたんだよね？　そういう解釈で合ってる？」

冗談、か。

あたしは「うん」と短く返事をした。

喉が渇く。カフェオレをすぐに流し込んだ。

この状況であたしの言葉を冗談だと思うなんて。しかも、それでもあたしより姉を選ぶなんて。どうかしている。

「あたしを振るなんて、相当変だよ」

「振ってない振ってない！　だけど杏子ちゃんなら、狙った男は全員モノにできちゃうよね」

「そんなことないよ」

思いっきり振ってるし、と思いつつ、私はいつも通りの笑みを顔に張り付けた。

「あーでも、杏子ちゃんが付き合う人は本気で杏子ちゃんが好きだって、一緒にいたいって想ってくれる人じゃないと、俺納得できないな。変な男には絶対、杏子ちゃんは渡せない」

思わずカフェオレのカップを落としそうになった。真っすぐにあたしを見つめる恭介に、手が震える。

どこかで聞いたセリフだな、なんて思ってももう遅い。ぶわっと心の奥から気持ちが溢れ出してきた。あたしはそれを静かに押し戻そうとする。

「ちょっと。誰目線で語ってるの？」

なんとか奥の方へ押しやって、なんてことない顔をして恭介を見る。

へへ、と笑う恭介。

「さっきのは、冗談だよ」

舌を出して無理やり笑った。ちゃんと笑えているか不安だったが、恭介は気づかないだろう。あたしの笑顔が嘘か本当かなんて、きっとわからない。

「じゃあ、もう帰るね」

「え、もう帰っちゃうの？」

うん、と首を振って「この後、デートなの。ごめんね」と立ち上がった。

あたしは嘘つきの名人だ。なんにも考えなくたって、平気で嘘が口から飛び出てくる。

「マフィン、ふたつ食べていいよ」

「え、でも。持って帰ったらいいんじゃない？」

「いいの。本当に美味しいんだから」

美味しいかどうかなんて、あたしは知らない。そう聞いただけだ。

あたしは上着と鞄を掴んで立ち上がる。早く出たい。恭介の前から立ち去りたい。

「あ、ちょっと待って」

恭介に呼び止められて、浅い呼吸をしながら振り返る。恭介は本当に、空気が読めなさすぎる。

「これ、さっきなんとなく回したんだけど、よかったらもらってよ」

「なに、これ?」

「猫ちゃんのキーホルダー」

じゃーん、と恭介はカプセルを開けた。中から出てきたのは、白くて小さな猫のキーホルダーだった。

「恭介くんが前に拾った猫に似てるね」

あたしは「ありがと」と受け取って、さっさと店を出た。

息ができなかった。深海に沈んだみたいに呼吸ができなくなって、胸が痛くなる。苦しい。

こんなの初めてだ。誰かに言われた言葉で、こんなにも痛みを感じるなんて。

つまり、恭介はあたしをただの友達としか見ていない。恋愛の対象にはなれない。振られてるじゃん、あたし。

恋をするってことが、少しだけわかった気がした。普通の人なら、ずっと前から知っていることなのだろうけれど。

恋をするって、ジェットコースターに乗っているみたいだ。自分では冷静にコントロールできないくらい、感情が浮き沈みする。好きだからこそ、相手に気持ちを伝える怖さ。受け取ってもらえないときの悲しみが、今ならわかる。中学時代の友達だった彼女の気持ちがわかる。好きという感情を持っていない人に、好きな人を取られる辛さも悔しさも。好きだからこそ、本気で好きだと思ってくれる人と一緒になってもらいたいっていうのが、実はただの言い訳だってことも。恭介は、おそらく本気でそう言ったのだろうけれど。好きな人を、恋愛感情のない人に奪われるのも腹立たしい。けれど、やっぱり好きな人は他の誰にだって渡したくないものなんだ。自分以外、認められない。

　ふらふらとさ迷い歩く。寒いはずなのに、ちっとも寒くない。上着を手に持ったまま、駅前の脇道に入った。このまま、帰りたくない。でもどこにもあたしの居場所なんてなかった。

　隆弘に電話しようか。いや、電話したって、嘘ばっかりをまた並べる羽目になる。

　スマホを片手にたどり着いたのは、野良神社だった。昼間じゃないと人通りも少なく、不気味だ。生い茂る木々の中から、誰かがこちらを見ているような気がした。

　恋に効く神社だとは、誰もが知っている。有名な話だ。でも、ここでお願いしたことはない。だいたい、お祈りしたって叶わない。

　人はなにかあるたびに神様仏様と祈るけれど、結局そんなものはいない。叶えてくれるはずがない。王子様はいないし、おとぎ話も本当にはならない。

野良神社の前まで行ってそのまま背中を向け、元来た道を戻った。

あたしの恋は叶わない。叶えるなら、恭介みたいな人の願いを叶えるだろう。真っすぐに恋をする人を、応援するだろう。

スマホが振動した。恭介からだった。

「……もしもし?」

「初詣、邑子さんと行けることになったんだ! 誘ったら、オーケーしてくれた!」

興奮気味な恭介の声。鼓膜が強く振るわされて、気持ちが悪い。

「そっか。よかったね」

「ちょっと早めのクリスマスプレゼントかな、サンタさんからの」

そうかもね、とあたしは電話を切った。

頬に伝う涙が温かい。ようやく、寒さが身に染みてきた。きょうは本当に寒い日だ。

上着を羽織り、あたしはスマホを耳に当てた。

「どうした? こんな遅くに」

「今から会える? 会いたいの」

わかった、場所教えて、と隆弘は理由も聞かずにわがままに付き合ってくれた。あたしには、これしかない。本気で恋愛するなんて、辛すぎるから。本気で恋に向き合えるほど、あたしは強い人間ではないから。

隆弘との日々は、何事もなく過ぎていった。いつも優しい隆弘は、彼氏としては最適だ。ロマンチックなクリスマスの演出をしてくれて、プレゼントまで用意してくれた。この季節らしい、雪の結晶のモチーフのネックレス。綺麗だった。

でも。

手を繋いで歩くたび、笑顔で微笑み合うたび、違うと心の奥底で叫ぶ声が聞こえた。

隣にいてほしいのは、隆弘じゃない。

手を繋いで歩きたいのは、隆弘じゃない。

笑い合って話したいのは、隆弘じゃない。

あたしが求めているのは、隆弘じゃない。

誰か、ではない。あたしが求めているのは、たったひとりだけ。目の前に、恭介の笑顔が浮かぶ。

恋をするって、こんなにも苦しいのか。まるで溺れているみたいに、毎日毎日寝ても覚めても苦しい。

今まで誰とでも恋愛ゲームができたあたしが、好きではない人とデートして過ごす日々に、苦しむなんて。全く想像もしていなかった。

だからあたしは、思い切って、隆弘を振った。

の気持ちに正直になる必要が。

「別れる」

元日に、別れを告げるつもりはなかった。でも、もう苦しくて苦しくて、少しでも早く楽になりたかった。それには、この恋愛の真似事を終わらせる必要がある。自分の気持ちに正直になる必要が。

「え、急に？」

隆弘はあからさまに驚いていた。当たり前だ。きょうは元日。こんな新年の始まりはあんまりだと思っているんだろう。

「好きな人がいるの。だから、もうゲームはやめる」

思い切って、言った。今まで一度だって、好きな人がいるなんて言ったことはなかった。言葉にするのは、思った以上に勇気がいった。

「まぁ……初めから遊びだったから」

隆弘もまた、遊びだったことを認めた。そう。あたしたちは、お互いに遊びで恋愛を始めた。隆弘だって、本気であたしとのこれからを考えて付き合い始めたわけじゃない。わかっていた。だけどなぜか、少しだけその言葉に違和感を覚える。隆弘の目は、まだ動揺しているように見えた。

「好きな人って、誰？」

隆弘はそう訊ねてきた。

「別にいいじゃん、誰だって」

教えるつもりは毛頭ない。だって、隆弘もよく知っている人だから。姉に片想いしている恭介が好きだなんて、言ったら笑われる気がした。

それなのに、なぜか隆弘はしつこい。

「なぁ、本当のことを教えてくれ」

なぜだ。なんであたしの好きな人を知りたいんだ。

理由はわからないけれど、隆弘は必死に訊ねてくる。

あたしはため息をつきながら「恭介くんだよ」と仕方なく答えた。

「じゃあ、あとこれ返すね」

もらったものの一度も使わなかったネックレス。これを見るたび、あたしは自分が嫌になった。だから箱にしまって、一度解いたリボンをかけ直した。

「いらない。俺が持ってても仕方ないし」

「あたしもいらないから」

つけることもないし、捨てるのもなんだか嫌だった。捨てるなら、本人が捨ててくれた方がいい。新品未使用なら、もしかしたら中古販売店で売って少しはお金を取り戻せるかもしれない。

「捨ててくれていいから」

なかなか受け取ってくれない隆弘の手の中に、無理やり箱を押し込めた。

「さよなら」

別れを言って、振り返らなかった。悪いことをしたなんて、思っていない。隆弘だって、遊びだったんだ。お互い様だ。いつか別れることは、きっと、隆弘も理解していたはずだ。

家に帰って、おみくじを机の上に置く。横には猫のキーホルダーが転がっている。

野良神社で引いたおみくじは末吉。

野良神社の木に、結んでくればよかった。でも、結ばなかった。

恋愛、誠意を尽くしなさい。

書かれていた内容を、穴が開くほど何度も読み返す。あたしのためのおみくじみたいだ。

誠意を尽くす。

誠意とは、なにか。あたしはスマホで辞書を引く。

嘘偽りのない心。私利・私欲を離れて、正直に熱心に事にあたる心。

読んですぐに浮かぶ人がいた。

つまり、恭介だ。恭介みたいになれ、ということか。

あたしはキーホルダーを手に持ったまま、ベッドに倒れ込む。

気持ち悪いな、あたし。たかが数百円のカプセルトイのキーホルダーを、こんなに大切にしているなんて。今までの歴代彼氏たちには、もっと高価なものをもらったのに。ブランドの鞄や財布やネックレス。そのどれよりも、このキーホルダーが嬉しいのはなぜだろう。

猫の頭を指先で撫でる。見れば見るほど、恭介の部屋にいた猫にそっくりだった。

恭介、お姉ちゃんといつか付き合うのかな。

ありえないとずっと思っていたのに、なぜだろう。あの姉でさえ、恭介の真っすぐさには敵わないような気がして、心がざわつく。あんなにひどく振られたのに、恭介は今もお姉ちゃんを想っている。あたしの気持ちには、きっと気づかない。

そうだとしても。

ふたりがこの先どうなるのかを見届けない限りは、あたしも諦めきれない。もしかしたら、ほんのちょっとでも、あたしと恭介がくっつく可能性があるのなら。

こんなに熱くなっちゃって、バカみたい。

でも、自然と口角が上がる。

諦めない。そう決めたら、少しだけ楽になれた気がした。

二月十四日。きょうはバレンタインデー。

元日に隆弘と別れてから、あたしは誰からの合コンの誘いにも遊びの誘いにも乗らなかった。今や行く意味は全くない。楽しくもない。

それなのに、恭介を諦めないと決めたわりには、恭介には連絡ができずにいた。好きと認めたとたん、話ができなくなってしまった。なにを話していいのかもわからない。特別、恭介に連絡する用事もないし、恭介に会えば姉の話はどうしても避けられない。それはちょっと辛い。いや、かなり辛い。今のあたしには耐えられないと思う。

「ねぇ、マジで最近付き合い悪いじゃん」

美佳がつまらなさそうにコップの中をストローでかき混ぜる。中身は美佳が好きなオレンジジュースだ。

きょうは美佳が半ば無理やりあたしを家から引っ張り出して、ファミレスに連れ込んだ。注文したトマトパスタを突きながら、美佳の説教を聞き流す。

「なんかあったの？」

「隆弘と別れた」

「え、いつ？」

「元日」

「マジ？　え、でも、もう一か月以上経ってるじゃん。なんで合コン来ないわけ？」

彼氏と別れて合コンにも参加せず、誰とも遊ばないあたしは、美佳の目から見ても異様に映っているらしい。

「三谷先輩に未練でもあるの？」

「ない」

即答だった。

「まさか、あるわけないじゃん」

「じゃ、なんで……」

ははーん、と美佳は妖しく笑う。

「誰か好きな人がいるんでしょ」

「それより、美佳はクリスマス前に付き合ってた彼氏とはどうなったの」

「別れた。即行で別れた、ってそれこそどうでもいいよ。杏子の話してんだから」

美佳に、好きな人ができたと言ったら、一体どんな反応をするだろう。面白そうに笑うだろうか。

「好きな人、できたんでしょ？」

美佳にはなにか見えているのか、しつこく何度も訊ねる。

「好きな人ができたって言ったら、バカにしない？」

あたしが逆に訊ねると、美佳は一瞬大きく目を見開いた。向かいの席から立ち上がり、両腕を伸ばしてあたしの頬をがしっと掴む。ネイルをした長い爪がかちかちと鳴る。

「可愛いよ、杏子」

「え?」

あたしは頬を掴まれたまま、美佳を見る。

「今までで、いっちばんいい顔してる」

そんなこと言うなんて、ずるい。

あたしはわざと「もうやめてよ」と美佳の手を振りほどいた。

「なんでバカにしないの」

「しないよ」

美佳はオレンジジュースを一口飲んで「あたしをそんなひどい奴だと思ってたの?」

とムッとした。

「いや、そうじゃないけど」

そこまでは思ってないけど、真面目な恋の話なんて美佳とはできないと思っていた。

口が裂けてもそんなことは言えない。

「あたしだって、これでも大恋愛したことあるんだから」

「マジ?」

「言ってないだけでさ」

そう言った美佳の顔には、いつもとは違う大人な表情が浮かんでいるように見えた。

「その大恋愛は終わったの？」

「まあ、必ずしも結ばれるのが恋じゃないから」

必ずしも結ばれるのが恋じゃない。当たり前だ。別に、特別なセリフでもない。なのに、今のあたしの心には妙に突き刺さる。

「相手に好きな人がいて、付き合える見込みがなかったとしたら、美佳ならどうする？」

「それで諦められるくらいなら、大した恋じゃないでしょ」

にひ、と笑う美佳に、あたしはドキリとした。

確かにそうだ。恭介のことをその程度にしか想っていなかったとしたら、初めから好きになんてならない。姉のことしか眼中にないような男を、そう簡単に好きになったりしない。好きな人に好きな人がいて、それでも諦められなくて苦しんでもがく。そんな苦しい恋を、誰が望んでするのだろう。

「奪ってやるくらいの勢いで、いけ」

「ええー、そんなに？」

「なに弱気になってんの？　好きなんでしょ？　好きな人の好きな人蹴散らしてでも手に入れたいくらい、好きなんでしょ、本音は。なにいい子ちゃんぶってんの？」

全く、美佳には敵わない。

　自分の中にしまっていたドロドロとした感情を、こんなにも潔（いさぎよ）くあっけらかんと言い切るなんて。

「杏子の好きな人がどんな男か知らないけど、杏子の気持ちにそもそも気づいてるわけ？　ただ想ってるだけで相手に気づいてもらおうなんて、甘い。あんたはどっかの漫画のヒロインじゃないんだから」

　美佳が注文したハンバーグ定食が運ばれてくる。熱々の鉄板の上でハンバーグがじゅうっと美味しそうに焼けていた。しかも、ハンバーグの上には目玉焼き。半熟。

「この世界はね、弱肉強食なんだから。そんなトマトパスタなんてやめて、ほら、あたしのと交換」

「え？」

　美佳はトマトパスタを奪い取り、できたてのハンバーグ定食をあたしの目の前に置く。

「肉を食え。そして戦え」

　あたしはありがたくハンバーグを食べた。熱々のハンバーグにナイフを入れると、中から肉汁（にくじゅう）が溢れ出る。一口食べると、たちまち元気が出た。

　そうだ。初めから弱気になってどうする。あたしは諦めないと決めたじゃないか。諦めないとは、ただ黙って静かに恋の終わりを待つことじゃない。それは辛抱（しんぼう）だ。あたしは、辛抱なんてしない。

美佳と別れると、外はすっかり夜だった。つい、美佳と話していると長くなってしまう。楽しいから、仕方がない。それに、たくさん元気ももらった。

吐く息が白く浮かび上がる。すれ違う人ふたり組は、誰も彼もラブラブなカップルに見えた。

よし。

あたしは思い切って、恭介に電話をかけた。聞こえてくるコール音に、胸がドキドキした。なんの用事もないけれど、声が聴きたかった。恭介の温かい声が。

「もしもし？　杏子ちゃん？」

四コール目で恭介が出る。

「ごめんね、突然電話しちゃって」

「いや、大丈夫」

そう言った恭介の声に、違和感があった。いつもとは違う、少し低い声。なにかあったのか。

「どうしたの？　なんか、声の感じがいつもと違う気がするんだけど」

「いやぁ……」

へへ、と笑う恭介。目の前に恭介がいるみたいに、その表情が思い浮かぶ。あたしの目の前にいる恭介は、眉尻を下げて、でも口元は笑っていて、困っている顔だ。

「なに、なにかあった?」

「実は、きょうまた邑子さんに振られちゃって」

あはは、と相変わらず笑い声が聞こえるが、心ではちっとも笑えていないだろう。

なんでまた、振られているのか。これで二度目だ。

「お姉ちゃんになんて言われたの?」

「ごめんなさいって」

ごめんなさい、か。

その言葉がすぐ頭の中で姉の声に変換される。姉は本当に、恋とは無縁の女だ。

「なんでまた告白なんて」

「きょう、バレンタインじゃん?」

「うん」

「逆チョコ、狙ってみたんだよね」

はぁ、とあたしは自然とため息が出てしまった。

恭介は、本当に姉のことが諦めきれないんだな。バカみたいに真っすぐに、姉を想い続けている。姉にその気が全くなくても。

恭介は、いつ姉を諦めてくれるんだろう。

今の恭介を見ていると、このまま永遠に姉に片想いし続けそうで怖くなる。振られて弱っている今なら、心の隙に入り込むことができるだろうか。でも、恭介はそんな男じゃない。振られた悲しみを、他の女で埋め合わせるような男じゃない。そんな方法では、恭介を振り向かせることなんてできない。

それにしても、恭介のバカさ加減には腹が立つ。なのに、どうしても憎めない。心の中で増していく愛おしさと、沸々と腹の底から嫉妬が渦巻くのを感じる。姉になりたい。今まで一度だって、姉を羨んだことはないのに。

本当に心から好きな人に二度も想いを伝えるなんて、恭介はなんて強心臓の持ち主なんだろう。二度も伝えたのに受け取ってもらえないなんて、恭介は今どんな気持ちなんだろう。

なぜだかあたしの胸は押し潰されそうなほど、痛んだ。

スマホを片手に、一歩も動けなくなる。道の真ん中で立ち止まっているので、人があたしを避けて歩いていく。

「逆チョコなんて、いまどき流行らないでしょ」

言いたいことはたくさんあるのに、どれも言葉にできなかった。思い切って出た言葉は、それだけだった。

「また今度、飲み明かそう」

その言葉に、恭介はあははと真に受けていなさそうな笑い声を返す。

今すぐにだって、恭介の元へ駆け付けたい気持ちだった。だけどあの日のように、恭介はあたしを追い返すんじゃないかと思うと、容易には行けなかった。

卑怯(ひきょう)な手しか知らない。あわよくば、と思っているあたしは、真っすぐな恭介に真っすぐに立ち向かっていけない。

どうしたらいいんだろう。

ファミレスから出たときの元気は、一瞬でどこかへ行ってしまったらしい。

「じゃあ、またね」

うん、と素直に答える恭介の声を聞いて、電話を切った。「じゃあ今からでも、飲もうよ」という言葉を待っていた自分が情けない。なにを期待しているんだ。

スマホを上着のポケットに入れようとしたとき、ふと、白い猫のキーホルダーがついていないことに気が付いた。

「あれ？」

ない。確かにきょう、ここにつけて出かけていた。

「嘘、なんで」

どうしよう、とあたりを見回す。でも、近くには見当たらない。

最悪だ。これ以上最悪なことなんてあるだろうか。

恭介との距離を縮めたくて電話をしたのに、一ミリも近づけなくて、おまけに大切なキーホルダーまで失くしてしまうなんて。

一体どこで。

考えても、ちっとも思い出せない。ファミレスか。それともここまで歩いてきた道の途中か。

あたしは必死に地面を見ながら歩く。元来た道を戻り、ファミレスへ。

「あの、すみません。猫のキーホルダーって落とし物にありませんでしたか？」

「猫のキーホルダーですね。少々お待ちください。確認します」

夜のファミレスは閉店間際で人も少ない。先ほど座っていた席を入り口から見る。

食べ終わった食器やグラスは綺麗に片付けられていた。

「先ほどいらっしゃったお客様ですよね？」

会計の際にいた女性店員があたしの顔を覚えていたようだった。

「はい。そこの席に座っていて」

女性店員は美佳と座っていた席へ行くと、椅子やソファの下を確認して、捜してくれた。でも、なにもなかったみたいだ。

「申し訳ございません。猫のキーホルダーはお預かりしていないようです」

「……そうですか」

それじゃあ、一体どこで落としたんだろう。またさっきまでの道を歩きながら捜すしかない。

「ありがとうございました」

あたしはお礼を言って、すぐに店を出て、またあたりを見回しながら歩く。

失くすわけにはいかない。どうしても。絶対に。

そういえば、駅からファミレスに向かう途中、野良神社の前の道を通ってきた。こんなに捜してないのなら、ファミレスに着いたときにはもう落としていたのかもしれない。

夜の野良神社は人気がなく、風が吹くたびに揺れる枝の音が寂しく聞こえた。野良神社の周辺を歩き回り、暗い夜道の中、捜す。でも、なかなか見つからない。一体どこで失くしてしまったんだろう。

ふと、白いものが視界に入る。あ、と思ったら、本物の白い猫だった。

「猫……か」

小さな白い猫はふわふわの毛並みで、まるでかき氷のようだった。子猫だろうか。

赤い首輪に金色の鈴がついている。

あれ、この間恭介が野良神社で拾ったと言っていた猫じゃないか。

猫はあたしをじぃっと見たまま、動こうとしない。

なんだ。お腹でも空いているのだろうか。

「あら、どうしたの？　落とし物？」

屈んで地面を必死に捜しているあたしは、明らかに不審者だろう。

声をかけてきたのは、見知らぬおばあちゃんだった。

「あ……そうなんです。大事なものを失くしてしまって」

「それは大変。どんなもの？　お財布？　警察には届けたの？」

「いや、その……キーホルダーなんです。白い猫がついた」

「キーホルダー？」

おばあちゃんは首を傾げている。当然だ。こんなに必死になって捜しているものが財布でもスマホでも家の鍵でもなく、ただのキーホルダーだなんて。びっくりしただろう。

「そう、キーホルダー。大切なものなのね。私も手伝うわ」

「大丈夫です、夜遅いですし」

「それは私のセリフよ。こんなに若くて綺麗なお嬢さんが、夜にひとりで捜し物をしているなんて。手伝わせてちょうだい」

ちょっとお節介にも聞こえるけれど、いい人だ。あたしは素直に手伝ってもらうことにした。

「ちょうど、この猫ちゃんに似たキーホルダーなんです」

ちょこんと座ったままあたしたちを見ている猫を指差す。

「まあまあ、可愛いキーホルダーなのね。それは見つけないと」

おばあちゃんは少し曲がった背中をもっと丸めて、通りの道を捜し始める。

「一度、駅の方を捜しに行ってきます。駅からここを歩いていったので」

「ええ。私はこのあたりを探しているから」

「すみません、ありがとうございます」

あたしは何度も頭を下げて、駅の方へ向かう。

駅の近くで落としたか、駅の中か、それとももっと前か。確か、家を出たときにはあったはず。電車の中だったら、どうしよう。誰か拾って届けてくれてないだろうか。

どん、とサラリーマン風の男性とぶつかる。

「あ、すみませんっ」

振り返り、少しあたしを睨みつけてから黙って去っていく。

急に、泣けてきた。バカみたいに惨めだ。このまま見つからなかったらどうしよう。

恭介にもらった、大事なものなのに。

指先の感覚がない。すっかり冷え切って、自分で自分の手を触ってもなにも感じない。

思わず、駅の駐輪場脇でしゃがみ込む。

もうこのまま見つからないのかもしれない。

「杏子」

不意に頭上から声がして、見上げる。

そこにいたのは隆弘だった。片手にチョコレートの袋を持っている。

「どうして……ここに……？」

「それはこっちが訊きたいよ。こんなところでなにしてんだ」

危ないだろ、と無理やりあたしの腕を引っ張って立たせた。

「どうした？　なにかあったのか？」

「それが、落とし物を捜してて……」

「落とし物？」

「キーホルダーなの」

キーホルダー？　隆弘の声がひっくり返る。

「そんなに必死に捜すほどのキーホルダーなのか？」

「そうよ！　あたしにとっては大事なキーホルダーなの！」

ムカついた。どうせ、くだらないと思っているのだろう。

「放っておいて。見つかるまで捜すんだから」

「どんなキーホルダーなんだ」

「え?」

「特徴を教えろ」

隆弘は手に持っていたチョコレートの袋を上着のポケットにぐしゃぐしゃと突っ込んだ。

「白い猫のキーホルダー」

「どのあたりで失くしたんだ?」

「わからない。駅からファミレスまで行って、ファミレスを出てからないことに気づいて。ファミレスにはなかった」

「俺は駅の中を捜す」

「え? いいの?」

隆弘はなにも答えず、駅の中へ入っていった。

なんか、隆弘の様子が今までと違う。知り合ったときや付き合っていたときは、こんなに粗野な感じじゃなかった。付き合う女がコロコロ変わる男だ。別れた今、優しく接する必要なんてないからかもしれない。

だけど、別れてからも度々隆弘から遊びの誘いはあった。一体なにを考えているのか。さっぱりわからない。

あたしはまた野良神社のあたりまで、暗い路上を捜しながら歩いて戻った。

「どう？　あったかしら？」

おばあちゃんもまだ捜してくれていて、あたしは首を横に振る。おばあちゃんはこの近所に住んでいるのか、懐中電灯を手に持っていた。

「あした、明るくなってから捜した方がいいかもしれないですね」

「でもあしたは雨みたいよ。今夜中に捜さないと、キーホルダーが濡れて汚れてしまうかもしれない」

あの白猫は、あたしたちが必死になって捜しているのを楽しんでいるのか、野良神社の鳥居の前で座って、こちらを見ている。

「大切なものなんでしょう？　諦めずに捜せば、きっと見つかるわ」

おばあちゃんは見ず知らずのあたしに、なぜこんなに優しくしてくれるのだろうか。

あたしは頷いて、またファミレスまでの道を歩いてみることにした。

ファミレスの前までもう一度戻ってみたけれど、やっぱりない。またもう一度、と再び歩き始めると、スマホが鳴った。隆弘だ。

「どこにいる、あったぞ」

「あった⁉　ほんと⁉」

わーっとあたしはその場で跳び上がって喜んだ。

「野良神社の方へ戻ってるところなの」

「わかった、そっちに行く」

あたしは急いで走って、野良神社で捜してくれていたおばあちゃんにお礼を言った。

「見つかったそうです！　今、知り合いが見つけたって連絡があって！」

「まぁ！　よかったわねぇ！」

あたしはおばあちゃんと手を取り、喜び合った。とても今さっき出会ったばかりとは思えない。おばあちゃんの手は、柔らかくて優しい温かさだった。

あたしはおばあちゃんに何度も何度も、しつこいくらいに繰り返しお礼を言った。

「杏子」

駅の方から隆弘が歩いてくる。

「ほら」

ポケットの中から出したのは、白い猫のキーホルダー。

「どこにあったの⁉」

「駅の落とし物として預かっていたみたいだ」

「駅で落としたんだ……」

よしよし、と猫の頭を指先で撫でる。ふと鳥居の方を見ると、あの白猫はいなくなっていた。本当に、このキーホルダーとよく似ている。

「ありがとう」

「どうせ、好きな人からもらったキーホルダーとかなんだろ」

「どうせってなによ」

　でも、恭介からもらったキーホルダーだとわかっていたのか。それなのに、必死に捜してくれたなんて。

　いいとこ、あるじゃん。

「もう失くすなよ」

　一言余計だな、と思いつつ、あたしはなにも言い返さなかった。

「杏子が好きだ」

　隆弘の言葉と共に、白い息が見えた。

　あたしは一瞬、息をすることを忘れた。

「俺はまだ、杏子を諦めてない」

「え、なに急に？　だって、あたしたち別れたんだよ？」

「それは杏子が別れたかったから別れたんだ」

「遊びだったって言ってたでしょ？」

　お互い遊びだったはず。あたしにはわかる。隆弘は付き合える女だったら、誰でもよかった。付き合う相手がコロコロ変わるって聞いていたし、あたしたちは初めからそれがわかっていてくっついたんだ。

「遊びじゃなかった。本気だった」

隆弘はぶっきらぼうに答える。

「そんな言葉、あたしが信じると思う？」

いや、と隆弘はすぐに首を振った。あたしは深いため息をつく。

「でも、信じてもらえるように努力する。もう、自分の気持ちに妥協したくないんだ。本気で好きな人を諦めたくない」

隆弘のこれまでの恋愛なんて知らないし、どんな恋の残骸を抱えていようが関係ない。あたしたちはもう別れた。また付き合うなんて、考えられない。

「俺は、杏子が大切に思っているものを大切にしたい。今は、他の男で頭がいっぱいになっていたとしても」

隆弘の瞳は、真っすぐにあたしに向けられていた。なぜだか、目を逸らせなかった。

帰宅すると、もう二十三時。

すっかり遅くなってしまったな、と思いながら、上着を脱いでハンガーにかける。疲れた。熱いお風呂に入りたい。

ふと、机の上に白いものが見えた。

「え……」

机の上にあったのは、恭介からもらったキーホルダーだった。

「え、ええ、ちょっと待って……」

思わず声に出てしまう。

ということは、初めからキーホルダーをつけて出かけていなかったのか。

「それじゃあ、このキーホルダーは……？」

さっき受け取った白い猫のキーホルダーをまじまじと見つめる。同じものがふたつ、あたしを見ていた。

——俺は、杏子が大切に思っているものを大切にしたい。今は、他の男で頭がいっぱいになっていたとしても。

あたしは隆弘がついた嘘に、小さく笑った。

第四章　三谷隆弘のキスでは誰も目覚めない

未だに忘れられない夢がある。

ぴっちぴちの白いタイツを穿いて、鎧をつけて馬に跨り、剣を振る。茨だらけの森をくぐり抜け、火を噴くドラゴンを倒す。そして、闇（やみ）に包まれた城のてっぺんまで上り詰める。そこに横たわる、見知らぬ女。

そうか、これはおとぎ話か。鎧を脱ぎ女の前に跪く（ひざまずく）。物語の結末は、誰だって知っている。運命のキスで女は目覚め、俺はこの人と結ばれるのだ。長い睫毛。白い肌。黄金（おうごん）のような美しい長い髪。俺はそっと髪を撫で、薄桃色の唇に自分の唇を重ねた。しかし、女はピクリとも動かない。おかしい。なぜだ。

もう一度、女にキスをする。やっぱり動かない。俺は彼女の頬を軽く叩いた。反応はない。

死んでるのだ。百年の眠りではない。死んでしまったのだ。それしかない。不幸にも、王子である俺が来るまでに死んでしまった。

そう思っていると、見知らぬ男がやってくる。俺と全く同じ格好をしていた。女の前に跪き、さっき俺がキスした唇にキスをする。すると女はすぐに目覚めた。たった一度のキスで。

女は瞳に涙を浮かべ「あなたこそ、私が待ち望んでいた運命の人です」と言い、再び熱いキスを交わす。

俺のキスで目覚めなかったのは、運命の人ではなかったからだ。俺は、彼女の王子ではなかった。

一枚のはがきを見てなぜか、そんな、昔一度だけ見た夢を思い出す。もうずいぶん昔の話なのに、きのう見た夢のように鮮明に覚えていた。思い出すだけで、惨めな気分になる。

中学の同窓会。参加するか、しないか。はがきの前で、ペンを握ったまま硬直した。理由はたったひとつだ。初恋の人が来るかもしれない。ちょっとだけ、期待している自分がいた。

いつもそうだった。俺が好きになる人には、もう好きな人がいる。俺は敵わない。俺なんて眼中にない。そういう人ばかりを、好きになる。俺に夢中になっている女を好きになれたら、どれほど楽だろう。

だから、妥協する。妥協。なんて素晴らしい言葉なんだ。人生、妥協が大事。大人になるって、妥協するべき点を見つけることだ。

はじめは妥協なんて言葉は知らずに、ただ初恋の人を忘れるため、好きでもない女と付き合った。顔も性格もいい。好きだと告白してくれたから、ちょうどよかった。誰かと付き合えば、失恋の痛みは消えると思っていた。荒療治かもしれないが、それが一番いい方法だと思ったのだ。今でも、そう思っている。

高校、大学と進み、年齢を重ねることで、俺ははっきりと理解した。現実は甘くない。理想通りの人には巡り合えないし、好きな人とはなかなか結ばれない。だから、妥協できるところは妥協して、恋愛できる人と恋愛すればいい。

幸い、顔には自信があった。高校から大学までのここ数年、恋人が途切れたことがない。現に今も、杏子という恋人がいる。

おとぎ話のお姫様たちだって、妥協していたのではないか。このくらいの見た目で王子様なら許せる、とか。たまたまキスで目覚めさせてくれた人が、妥協できる範囲内の人間だったのかもしれない。後々見えてくる相手の嫌なところも、王子様なら目をつぶれるのだろう。現実の恋愛は、そういうことなんだ。

いつかの昔。俺がまだ純粋に恋に憧れ恋にときめいていた頃の彼女を思い出す。

森下千紘。俺はあの頃、森下に惚れていた。本気で好きだった。心から。今思えば、そんな自分が恥ずかしい。でも本当にベタ惚れだった。

森下とは幼稚園の頃からの幼馴染だった。好きになったのは、小学校を卒業する頃。中学三年生の夏、一大決心をして告白しようと思っていた。でも偶然、森下が卒業した先輩と一緒に歩いているところを目撃してしまった。噂で聞いていたが、手を繋いで歩くふたりを見るまで、噂なんて信じていなかった。

森下の相手は、中学時代バスケ部のキャプテンだった。運動神経は抜群。成績もいいし顔もいい。

「あいつのどこがいいんだよ」

いつだったか、森下に訊ねた。今でもよく覚えている。森下がなんと答えたのかも。

「優しいし、カッコいいし。先輩よりも素敵な人は他にいないよ」

今の俺ならわかる。先輩よりも素敵な人は山ほどいるし、中学時代の恋人と結婚できる確率は低い。森下は恋に恋している状態だということも。

でも、中学生だった俺の心は砕け散った。純粋に、真っすぐに恋をしていたからだ。あの瞬間から、俺は恋を諦めた。自分がわざわざ相手を振り向かせる必要なんてない。俺のことをいいと思ってくれる女の方が、楽だ。努力もなにもいらない。

俺は出席の文字の上に線を引き、欠席に丸をつけた。

俺が会いたいのは、あの日、恋をしていたときの森下だ。そんな人はもう、この世界のどこにもいない。あの日の彼女にはもう一生会えないなら、同窓会に行く意味もなかった。

はがきをポストに投函（とうかん）して、ポケットに手を突っ込む。

クリスマスの電飾が鬱陶しい街中のショーウインドウの向こう側に、目がいく。雪の結晶の形をした、シルバーのネックレスだ。杏子へのプレゼント、全然思いつかなくてずっと悩んでいた。でもこれで、解決しそうだ。

最近、いいことがない。杏子は俺と付き合っているのに、明らかに誰か別の奴を見ている。杏子は初め、俺の告白を断った。それがどうしても心に引っかかっていた。

杏子が遊んでいることはよくわかる。俺と同じタイプの人間だ。だから、遊びにはちょうどいいと思っていた。

きょうは久々にバイトがあった。就活でずいぶん慌ただしい毎日だったが、無事内定をもらい、このままいけば来年は卒業。俺も社会人の仲間入りだ。

死ぬほど辛い就職活動だった。なにが辛いって、やりたいことが皆無だからだ。将来に、一筋の光もない。会社の奴隷になって、残りの人生ずっと働き続ける。

もしかしたらいつかの未来で、どこかの誰かと結婚するかもしれない。そしたら子どもだって、生まれるかもしれない。定年まで働き続けて延々と返していく家のローン。子どもの教育費。なにが楽しい人生なんだ。遊べる時期が、長い人生のうちたった二十年間くらいじゃ、割に合わない。医療が発達して寿命が延びるのは結構なことだが、長生きがいいものとは思えない。人生には若さも必要だ。

「三谷先輩、お久しぶりですね」

休憩中に菓子パンを食べていたら、三窪がやってきた。

「あ？　そうだっけ」

三窪は教科書が入ったずっしり重たそうな鞄をロッカーに詰め込んでいる。確か、福祉系の大学に通っていると言っていた。俺と違って、三窪にはやりたいことが明白にある。三窪と俺は全く違う世界の生き物だ。いつかやってくる就活だって、俺と違って生き生きと乗り越えていくんだろうな。

「内定決まってから、会社の事前研修やら卒業論文やらで忙しかった」

内定した会社の事前研修も、卒業論文も、別に大した理由じゃない。ただなんとなく、三窪と会うのが嫌で、シフトを減らしていた。会うのが嫌という理由も、ちゃんと自分の中でわかっている。

「大変ですね」

杏子が見ているのは、たぶん俺じゃない。いや、間違いなく俺じゃない。三窪だ。合コンで知り合ったときから、杏子は俺じゃなくて三窪に興味があった。なぜ、こいつなんだ。年上の、しかも杏子の姉のことが好きな男なんて。

「なにか、あったんですか？」

「なんで」

「いやなんか、静かだなぁって」

「なんもねぇよ」

杏子は三窪の話はしない。それがかえって、俺には不自然に思えた。杏子は遊びじゃなく、三窪に本気なんじゃないかって。誰かに本気になっている女は、見ればわかる。これまで俺が本気で好きになった人は、みんな俺以外の誰かに夢中だったから。

「お前さ、杏子と付き合ってんの？」

「え？　杏子ちゃんと？」

三窪は目をひん剥いて、大声で笑った。そんなわけないって顔だ。

「邑子さんが好きって、先輩も知ってるじゃないですか。なんで杏子ちゃんと？」

「……だよな」

「そうですよ。変なこと言わないでくださいよ」

悪いな、とゴミを捨てて、休憩を終わりにした。

三窪は、杏子をただの友達とでも思っているのだろう。三窪は俺や杏子とは違って、遊びでは付き合ったりしない。バカみたいに正直で、損をするタイプだ。いつもそう思っていた。実際、あの日三窪を合コンに誘ったのは、俺よりモテないが顔面偏差値が高い男を集めるためだった。三窪のことはバイト先の後輩ってだけで、特に親しいわけでもない。いつもなら、三窪みたいにひたすら好きな女のケツばっかり追いかけるような男を憐れんでいた。バカだな。そんな女追いかけなくたって、他にもっといい女がいるのに、と。でも今は、なぜか俺の方が惨めに感じる。俺が間違っているのか？

「邑子さん、きょうも来ないっすね。やっぱ俺、嫌われてんのかな」

俺の横に立って、店内を見渡しながら声をかけてきた。三窪はそれでも、杏子の姉がいいのか。なぜだ。

三窪を見ていると心をかき乱される。イライラしてしまう自分がいた。いつもなら、誰のことにも興味を持てないのに。女だろうと男だろうと、どうだっていいのに。どうしてこんなにも、心がぐちゃぐちゃになってしまうんだろう。

バイトから帰ってぼんやりテレビを見ていると、杏子から会いたいと連絡があった。こんな時間に、どうしたんだろう。

言われた場所まで迎えに行き、そのままホテルへ流れた。俺も杏子も実家暮らしだ。帰りたくないと言うので、他に行く場所がなかった。いや、嘘だ。行く場所なら他にももっとあった。カラオケでも、マンガ喫茶でも、二十四時間営業している店なんてたくさんある。

派手なお城みたいなホテルで、てきとうな部屋を選ぶ。

杏子は目が腫れぼったくなっていた。泣いていたのだろうか。理由を知りたいが、訊いても杏子は嘘を言うだろう。自分の本当の気持ちは隠してしまう気がしていた。

タバコのにおいが残る部屋のベッドで、杏子を抱きしめると泣いてしまった。

こういうとき、王子様ならなんと声をかけるのだろう。どんな言葉をかけても、偽の王子の俺では、杏子の心に届かない。

俺はただそのまま杏子を抱きしめて、一緒に眠った。巨大すぎる違和感に押し潰されそうになりながら。

クリスマスイブ当日のデート。有名なイルミネーションを見に行った。サプライズと言ったが、特別なサプライズではない。歴代の彼女たちの何人かと、この場所でイルミネーションを見た。

イルミネーションなんて、俺は興味がない。でも女はこういうのが好きらしい。クリスマスのデートスポットには、毎年イルミネーションが候補に挙がる。イルミネーションと言っても、ただの電飾の集まりだ。夜景だって同じ。人の生活の明かりだ。

毎年テーマが変わっているらしいが、俺にとってはどれも同じ。でも今年は、いつもと違って見えた。杏子は俺の隣で、嬉しそうにイルミネーションを見ていた。

杏子のスマホについている小さな白い猫のキーホルダーが、なぜだか妙に俺の心をざらつかせる。これは確か、うちのバイト先にも置いてあるカプセルトイだ。少し前に入ってきた。

カプセルトイなんて、どこにだって置いてある。うちの店で回したとは限らない。だけど、どうしても気になってしまう。

バカみたいに真っすぐな誰かにもらったものなんじゃないか、と。

「綺麗だねぇ」

向けられた笑顔でさえも、俺は疑ってしまった。

これは心からの笑顔なんだろうか。いや、どうして俺はそんなことが気になるのか。

心がかき乱される。

クリスマスイブはどこもかしこもカップルだらけだ。俺たちも他人から見たらカップルだろうけど、ラブラブのカップルではない。

イルミネーションを見たあとに、イタリアンレストランで食事をした。ここのクリスマスディナーのメニューが可愛いと以前杏子が言ったのを覚えていた。だからここを選んだ。

野菜をふんだんに使ったメニューで、女子にはいいだろうが俺にはちょっと物足りない。でも、杏子が喜ぶのなら。

美味しそうに頬張る杏子の顔を見ながら、これが嘘か本当かを当てるゲームをしている自分に気づく。

俺は、杏子が好きなんだ。たぶん。いや、もっと強い確信を持って言える。ただ、久しぶりのこの気持ちに戸惑う。本当に好きになった女に、うまく接することができないなんて。これまで付き合ってきた経験なんて、役には立たない。所詮はただの恋愛ごっこだった。

なんだか難しい名前の料理が数々運ばれてきたあと、締めのデザートがやってきた。リンゴのタルトとキャラメルのジェラートだ。

「あたしリンゴ大好き」

甘いものは得意じゃない。でも、杏子が好きなら。

プレゼントを渡すなら、今がベストじゃないだろうか。杏子の笑顔を見て、確信した。

「なに?」

「俺からのクリスマスプレゼント」

杏子はブルーのリボンをほどいて、白い包み紙を破いた。小さな箱には、あの雪の結晶のネックレスが入っている。杏子はよく小ぶりのアクセサリーをつけていた。きっと使ってくれるだろう。この季節にぴったりだ。

「ありがとう。あたしからも」

俺は丁寧にプレゼントを受け取った。

クリスマスっぽい柄の包み紙を破ると、細長い箱が出てきた。開けると財布だった。革の財布だ。

「ありがとう」

杏子は手の中にある箱の中身をじっと見て、蓋を閉めた。そして、ジェラートをスプーンですくって美味しそうに舐めた。

気に入らなかったのだろうか。

杏子の細かな表情さえ、俺は気になって仕方がない。

嬉しいのか。なんだこんなもの、と思っているのか。どっちだ。

デザートを平らげたあと、ふたりで手を繋ぎ夜道を歩く。ホワイトクリスマスにはならなかったが、吐く息は雪のように白い。

杏子の手を引っ張り、抱き寄せた。杏子の髪が鼻をくすぐる。いい香りがした。香水か、シャンプーか。それとも杏子自身がいい匂いなのかもしれない。

でもなにかが違う。杏子を抱きしめても、俺の腕の中にいないみたいだ。空気を掴んでいるように、虚しい。

杏子は目を閉じ、顔を傾ける。杏子の唇は、甘いキャラメルの味がした。まだ目が閉じられたままの杏子を見ると、夢が現実になったみたいで不安になる。

俺のキスでは、杏子は目覚めてくれないのではないか。俺は杏子の王子様にはなれないのか。杏子の王子様は、三窪なんだろうか。

「元日は、一緒に初詣に行かない？」

腕の中で大きな瞳を俺に向け、杏子が訊ねた。

一生、この腕の中にいてくれたらいいのに。この瞳も、唇も、髪も、全部俺だけのものになればいいのに。

「初詣？」

「そう。野良神社に」

野良神社。恋の願いが叶うと聞くあの神社か。俺は一度も行ったことがない。

だいたい、願いなんて叶うはずがないのに。神様だって存在しない。でも人は、願いが叶うと聞けば「神様仏様」と頼み込む。普段は信じてもいない神様に。ずいぶんと都合のいい話だ。もし神様が本当にいたとしても、願いなんて叶えてくれないだろう。そんな自分勝手な人間を助けるほど、神様だって甘くないはず。

「いいよ、行こう」

杏子が行きたいと言うのなら、俺も行く。神様は信じていないが、杏子となら地獄に落ちてもいい。

手を繋ぎながら、雪のように消えてしまいそうな杏子を盗み見る。

俺はバカだ。こんな女に惚れるなんて。心底、惚れてしまうなんて。

杏子を家まで送って、駅へとひとり歩いて戻る。なぜだろう。胸のあたりが苦しい。

俺たちは、もうとっくの昔に終わっていたのかもしれない。いや、始まってすらいなかったのかもしれない。でも。それでもいい。終わっていたとしても、始まっていなかったとしても、俺は杏子を手放したくない。

ホテルでただくっつき眠ったあの日から、杏子はますます様子が変だった。手を繋いでいないとどこかへ行ってしまいそうで。抱きしめていないと消えてしまいそうで。触れれば、体温で溶けて消える雪のように。

「別れる」

いつかは言われるとわかっていた言葉だ。でも、まさかきょう言われるとは想像もしていなかった。きょうは元日で、一年が始まったばかりだ。こんな日に別れを切り出すなんて。俺の新年が台無しだ。

「え、急に？」

びっくりした。きょうという日を別れる日として選んだ杏子に。杏子が俺に心を開いていないとわかっていた。だから俺たちがハッピーエンドを迎えるはずもないと理解していた。だけど。何度でも言おう。なぜ、きょう別れ話をしようと思ったのか。俺の勘では、別れを切り出されるのはもっと後だった。

「好きな人がいるの。だから、もうゲームはやめる」

俺を見つめる杏子の瞳。嘘のかけらもない、真実を告げる目だ。

「まぁ……初めから遊びだったから」

自分で言った言葉に動揺が隠せない。こんなにも苦しい嘘は初めてだ。自分で言って、惨めになる。

納得できない。俺は杏子が好きなんだ。

いつもなら、別れようと相手に言われても円満に別れられた。「好きだけど、君がそう言うのなら仕方ない」なんて、最後まで相手をいい気分にさせるための嘘のプレゼントまでできた。

「好きな人って、誰？」

カッコ悪いついでに、誰が好きなのかはっきり杏子の口から聞きたい。でも杏子は、答えてくれなかった。ますますカッコ悪い。無様に振られた男。三谷隆弘。悪女の池谷杏子には敵わなかった。

好きな人が誰かくらい、俺にはわかっている。真実を言ってほしい。

俺と三窪の違いは、明白だ。でも、納得できない。俺と杏子はゲームのつもりで始めたかもしれない。だがいつの間にか本気で杏子を好きになっていた。初めて好きな女と付き合えたというのに。やっぱり俺は呪われているのか。俺が好きになる人には、どうしていつも好きな人がいるんだ。それも、俺が勝てないような相手ばかり。

「なぁ、本当のことを教えてくれ」

しつこく、もう一度訊ねた。どんなにカッコ悪くたっていい。とにかく今は知りたいのだ。

杏子はため息交じりに「恭介くんだよ」と答えた。

「じゃあ、あとこれ返すね」

一度も使っていない様子のネックレス。クリスマスにプレゼントしたものだ。リボンも丁寧に結び直されている。

「いらない。俺が持ってても仕方ないし」

「あたしもいらないから」

　これが本音なんだ。

　ようやく本音が聞けたのに、心はちっとも晴れない。杏子は、俺なんてこれっぽっちも好きだと思ったことはないんだろう。騙された、とは言えない。俺だって恋愛ゲームのつもりだったから。でも、できれば騙されていたかった。ずっと。一生騙され続けてもいい。杏子になら。

　杏子のあの笑顔はすべて、三窪だけに向けたものだったなんて考えたくもなかった。

「捨ててくれていいから」

　俺はネックレスをどうしても受け取れなかった。持っていても惨めな思いをするし。自分で捨てるのもなんだか。それならいっそ、杏子が捨ててくれたらいい。

　しかし、杏子は俺の手のひらに無理やり箱を押し付けて持たせた。

「さよなら」

　杏子がいつも見せてくれる笑顔は、そこになかった。疲れ切ったような表情で、杏子は俺の前から消えた。

　呼び止められなかった。だって、杏子には俺が初めから見えていない。呼び止めたって、振り返ってもくれないだろう。聞こえなかったフリをされる気がして、怖かった。

今朝引いたおみくじを見た。大吉と大きく書かれている。大吉を引いた日に、彼女に振られるなんて。やっぱり所詮おみくじはおみくじだ。占いなんて当たらないし、恋愛成就の野良神社とか言われるけれど、結局叶わないものなんだ。

俺はやっぱり、王子様にはなれない。お姫様にキスをしても、魔法は解けない。いや、もしかしたら俺のキスで現実に気づくのかもしれない。俺が王子様ではないっていう現実に。本当に好きな人が誰なのかってことに。

ある意味、夢から醒めるキスなのかもしれない。

「お前に訊きたいんだけどさ」

歩き去っていった杏子の方を見つめながら、俺は三窪に電話をかけていた。

電話の向こうで三窪が「どうしたんですか？」といつもより高い声で聞き返してきた。

三窪は敵だ。でも、俺は三窪に訊きたい。

「なんでそんなに諦めないんだ、お前」

「え？　なにをですか？」

「邑子さんのこと」

すると、クスクスと女みたいに笑う声がした。

「簡単ですよ。だって、好きなんですから」

「好きだけじゃ、どうにもならないだろ。向こうは見向きもしてないし」

真正面からありのままに好きと言える三窪が、羨ましかった。三窪より女の経験人数は俺の方がはるかに上だ。でも、杏子の姉は俺でも落とせる自信がない。あれは不可能だ。

それなのに、なぜ諦めないんだろう。いつか振り向いてくれる日が来ると、本気で思っているのだろうか。

「元日に、そんな現実突き付けないでくださいよ。俺、今傷ついてるんですから」

俺の方が傷ついている。振られて、クリスマスプレゼントまで返却されたんだから。

「好きでも、相手に受け入れてもらえなかったらどうするんだよ」

どんなに好きでも、どんなに相手を想っていても、好きになってもらえないことがある。俺はずっと、他の女で寂しさを埋めてきた。恋の痛みは恋で消す。これが一番だと思っていた。間違った方法でも、現実を見るより痛みは少ない。だが結局、誰も好きな女には敵わない。好きな人以外はただの人だ。

「いいんですよ、それで」

「え？」

「受け入れてもらえなかったら、それはそれでいいんです。だって、すべての気持ちを受け入れてもらうなんて無理じゃないですか。人にはそれぞれ、好きなタイプもありますし」

でも〈しつこい〉と〈諦めない〉の違いが難しいっすね。と恭介は笑っている。

「お前、何回告白した？」

「一回です」

「まだ告白するのか？」

「そうですね。まぁ、様子を見つつまた挑戦します。まだ俺、諦められないですから」

三窪のことはバカだと思っていたが、正真正銘(しょうしんしょうめい)のバカだ。そんなにどっぷり惚れてしまったら、簡単には諦められないじゃないか。でも、三窪は惚れるのを怖がったりしていない。

「もし、また断られたらどうするんだ？」

「わかんないっす。何回断られても、すぐに諦められるとは思えないんで、片想いですよね。気が済むまで片想い、やらせてもらいます」

バカだ。どうして諦めないでいられるんだろう。好きって気持ちだけで、相手からなんの見返りもなしに想い続けるなんて俺にもできるんだろうか。

「諦めた方が楽じゃん」

「そりゃ、楽でしょうね。片想いなんて辛いですし」

「前にも言ったけど、女なんて他にいくらでもいるんだから。合コンならまたやってやるよ」

三窪の笑い声が聞こえた。バイト先で笑っているいつもの姿が目に浮かぶ。

「いや、合コンはもういいっす」

この間の合コンに、三窪なんて誘わなければよかった。そうしたら、杏子は三窪とは出会うこともなかった。

……いや、でも結局は恋愛ゲームのままか。本当の恋にはならない。どんな出会い方をしても、今の俺では杏子の心に近づけない。杏子が三窪と出会っていてもいなくても、同じだ。

「その人じゃなきゃ、ダメなんです。だって、恋してるんですから。他の人でいいわけないじゃないですか」

当たり前のように三窪は言った。俺は一発殴られた気分だった。

俺は長い間、ずっとそうしてきた。だけど今ならわかる。このままでは俺は、一生好きな人の代わりを誰かで補てんし続ける。そんなの、好きな人に好きな人がいるより虚しい。

「三谷先輩、どうかしたんですか？　なんか、変ですよ」

「うるせえ。変ってどういう意味だよ」

「恋でもしたのかと」

「してねぇよ！」

三窪は「怪しいっすねぇ」と笑う。

「じゃ、またバイトでな」

すぐに電話を切った。

バカな奴だけど、三窪には勝てねぇや。

単純なことほど、続けるのは難しい。好きな人をずっと好きでいるのは、難しい。好きな人に好きな人がいたらなおさら、背を向けたくなる。俺はずっと前から、好きな人に対する好きって気持ちに背を向けてきたんだ。

「おみくじ、結んでいく？」

「え？」

唐突に声をかけられて、我に返る。

少し腰が曲がったおばあちゃんが、枝におみくじを結んでいた。

「ほら、ここならちょうどもう一枚結べるから」

木の枝にはびっしりとおみくじが結ばれていて、枝の色が全く見えない。紙で真っ白だ。おばあちゃんが結んだおみくじの隣は、少しだけ空いている。

「いや、大丈夫です」

「あら、じゃあいいおみくじだったのね」

おばあちゃんは優しく笑って「私は吉だったのよねぇ」と、ぎゅっと枝に細く折りたたんだおみくじを結ぶ。

「ここの神社には猫神様がいるのよ」

「あー、噂で聞いたことがあります」

「そう？　その猫神様は諦めの悪い人が好きだっていうことは、知ってる？」

「え？　そうなんですか？」

諦めの悪い人と言われて、すぐ頭に三窪が浮かぶ。あいつより諦めの悪い奴を俺は知らない。

「俺も諦めなければ、猫神様に気に入ってもらえますかね」

「ええ、きっとね」

おばあちゃんは深く頷いて「きっと叶うわ」と見ず知らずの俺を励まして、去っていった。

あのおばあちゃんが神様だったりしないだろうか。

おばあちゃんの言葉には温かみがあって、それでいて俺を前に向かせてくれた気がする。きっと叶うわ、と言ってもらっただけで、こんなにも嬉しいだなんて。

握ったおみくじを見る。大吉。〈運命の相手と出会えるでしょう。正直になるのが吉です〉。

大吉なら、大吉になるように行動すればいい。簡単だ。諦めない。俺も、杏子を諦めない。そこだけは、三窪に勝ってやる。決めた。俺の今年の抱負は〈諦めない〉だ。

「遊びに行かない？」

「無理」

「じゃあ、ちょっとコーヒーでも」

「飲まない」

別れてからの俺たちの会話はこんな感じだ。杏子の好きな人を見習うのは正直複雑だが、とにかく諦めずにアプローチし続けた。これまでの俺は捨てる。合コンも遊びもナシだ。自分で納得がいくまで、杏子を想い続ける。そう決めた。

何度誘っても断られる。でも、めげずに何度も誘った。

三窪は化け物だ。こんな状態で、よくバイトに勉強にと励めたものだ。今までの俺には見えなかったものが、今はハッキリくっきり浮かび上がって見えた。

三窪は最近機嫌がいい。たぶん、邑子さんとなにかあったんだろう。付き合っているなら俺にも教えてくれるはず。でもその報告がないとすると、付き合うほどの大事ではないが三窪にとってはいいことが起こっているんだろう。

卒論は無事完成させて教授に提出した。卒業も確定だ。こういうときほど、遊びたくなる。でも我慢だ。バイトがない日や、きょうみたいに夕方からのシフトの日には暇で退屈な時間がだらりと流れる。杏子がいてくれたら。一緒にいろんなところへ行けたし、どこへでも連れていく。

卒業旅行はパーッと海外へ！　なんて触れ回っていたけれど、結局行くのはやめた。友達はヨーロッパのツアーや、タイやインドネシアへ行くと言っていた。誘われたが、なんだか行く気がしなかった。

海外へ行って杏子に旅行の写真やおみやげを買って帰ろうかとも考えたが、今の杏子は俺がダイヤの指輪を買って贈ったとしても喜ばないだろう。

暇つぶしに、本屋でも行くか。

自分のバイト先へは行きたくないので、避けて別の書店を目指す。確か、駅近くのショッピングモールの中にある書店がリニューアルオープンしたはずだ。うちの小さな本屋と比べたらだいぶ大きいだろうから、暇つぶしにはもってこいだ。その後でゲーセンにでも行こう。

平日の昼間は子連れの主婦が目立つ。こんなにも優雅な時間は、今だけだ。働き始めたら、平日の真っ昼間にショッピングモールをうろつくなんてできない。これからずっと、社畜人生だ。

リニューアルオープンした書店は、近未来的だった。あちこちに椅子があり、座って本が読めるし、カフェと隣接している。これまでの本屋とは全然違う。

ふと新刊コーナーが目に入る。うちと同じで、店員の手書きＰＯＰがずらりと並んでいた。本屋大賞の受賞作品。今ＳＮＳで人気の作品。新人賞を受賞した小説。歴史、ファンタジー、エッセイなどなど、ジャンルはいろいろだ。

そういえば、三窪はこのＰＯＰに邑子さんへ宛てた文章を書いていた。店長に怒られていたっけ。

本当にバカだな。でも、本好きの邑子さんならＰＯＰに気づいたかもしれない。俺なら絶対やらないが。

確か、うちで最近よく売れるミステリー小説が面白いと三窪が言っていた。暇だし、俺も読んでみるか。

本の表紙を眺めながら、売り場をうろうろする。新刊だから、目立つところにあるはずだ。

あった。

新刊コーナーとは別で、その本だけが山積みにされ作者のサインが飾られている一角を見つけた。

さすが人気の本だ。女の人が本を手に取り、眺めている。

あれ、どこかで見た人だ。そう思っていると、向こうが顔を上げ俺に軽く会釈（えしゃく）した。

邑子さんだった。

「こんなところで会うなんて、奇遇(きぐう)ですね」

俺が三窪なら、跳び上がって喜んだだろうな。

三窪の様子が手に取るように想像できる。わかりやすい奴だ。

話しかけてから、邑子さんが極度の人見知りだと思い出した。しまった。

俺も四人でランチビュッフェに行って以来、話していない。その後はバイト先でレジ対応したときくらいしか、会ってもいない。

無視されるか。

ちょっとドキドキしながら、反応を待つ。

「実は……」

小声で、神妙な顔をしている。きょうは平日だ。邑子さんって確か事務員じゃなかったか。まさか、仕事を辞めた？　一瞬身構える。

「代休なんです」

なんだ、びっくりさせるな。

目が泳いでいる。本当に、人と話すのが苦手なんだろう。嘘をついているみたいに挙動不審だが、これが邑子さんの普通だろう。三窪、この人の一体なにがお前をそこまでかき立てているんだ。教えてくれ。

確かに、美人だ。長く黒い髪に、杏子と似た切れ長のぱっちり二重でうるっとした瞳。薄い唇に白く滑らかな肌。ただ、姉の邑子さんはにこりとも微笑まない。コミュニケーションさえ取るのが難しい。外見に一目惚れしたのなら、同じ男として十分理解できる。でも、会話してずっとこんな感じだったら俺ならすぐに諦める。どう見ても、邑子さんは恋なんてする気がない。

「この本、恭介くんに勧められて」

俺と同じ本が目当てだったのか。

「これ、人気ですよね。俺も買おうと思ってたところです」

邑子さんの前に山積みされた本をさっと一冊取る。

「あの……杏子は元気ですか？」

「杏子？」

「はい。最近、どうしてるのかなって思って」

邑子さんは「たぶん、元気にしてると思います」と言った。

「杏子とは最近、連絡を取っていなくて」

「そうですか……」

邑子さんに杏子のことを聞いていても、大して話は続きそうにない。邑子さんも俺と話すのは苦痛だろう。

「それじゃ、俺はこれで」

会話を終えるタイミングが邑子さんにはわからないようだったので、俺の方から終了させた。邑子さんはまた軽く頭を下げて、本は手に取らず、もともと持っていた本を持ってレジの方へ歩いていった。

俺はしばらく店内を回って、結局その一冊だけを購入した。隣のカフェでコーヒーを頼み、主婦たちが楽しくお茶会をしている隣に座った。

子どもの習い事が増えて送り迎えが大変。高いお金払ってるのに、ちっとも身にならない。

もうすぐ娘が高校生になるから、お弁当が必要になる。大変よねぇ。冷凍食品ばっかり入れたら、文句言われるわよ。

会話が筒抜けだ。世の中のお母さんたちは、大変なんだろうな。こういう瞬間にしか、息抜きができないのかもしれない。俺はすっかり主婦たちの会話に聞き入っていた。大声で話しているから嫌でも耳に入ってしまう。

コーヒーを一口飲み、イヤホンをして音楽を流す。それからようやく、俺は本を開いた。

話題作なだけあって、冒頭からもう面白い。本なんて最近ずっと読んでいなかったが、意外とハマるものだ。俺はコーヒーが冷めるのも気にせず、どんどん読み進めていった。

中学の頃は読書が楽しかった。でも、いつしか本を読んでドキドキワクワクなんてしなくなってしまった。時間も忘れて本を読む、夢中でページをめくっていたあの頃。この本も面白いけれど、あの頃のように夢中にはなれない。この本が悪いのではない。どれほど世間に評価される本だって、もう二度と俺をあの頃のようにときめかせることはできない気がした。これが、大人になるってことなんだろうか。あの日の俺は、なににときめいていたのだろう。

途中まで読み、そのままバイトに向かった。あの頃と同じようにはいかないが、案外読書していると時間はあっという間に過ぎる。危うく遅刻しそうになった。

きょうは三窪も一緒のシフトだった。あと、三浦さんも。

三浦さんは相変わらず女っ気がなく、見た目もぼんやりしていて冴えない。この人は、たぶん一生彼女できないだろうな。なんて、失礼なことを考えた。当然、口には出さない。

久々にバカ三トリオがそろった、と店長は笑っていたけれど、いい加減そのあだ名はやめてほしい。

「女はできたか？」

「やめてくださいよ。女なんて、できませんよ」

三窪は笑って頭を掻いた。

「きょう、意外な人に会ったんだ」

「意外な人？」

俺が邑子さんの名前を出す前に、三窪が「邑子さんが来た！」と目尻を下げて言った。

ドアが開き、颯爽と新刊コーナーへ歩いていく。

「邑子さん、きょうも素敵だなぁ」

三窪に尻尾があったなら、きっとブンブン振り回してヨダレを垂らしながら邑子さんに飛び付いていただろう。猫でも狸でも狐でもない。間違いなく犬だ。

「……あ、話の途中でしたよね、すみません。意外な人に会ったんでしたっけ？」

「あ？　あー、まぁ、その話はまたあとでな」

なぜ、また本屋へ来たんだろう。まさか、学校帰りに三窪がやってくるからこの時間を狙ったとか？　邑子さん、もしかして脈あり？

俺の考えすぎだろうか。

本の整理をするフリをして、本を見つめる邑子さんに近づいた。

「また、会いましたね」

「あ……」

まさかまた会うとは思っていなかったのだろう。ずいぶんびっくりしているようだった。

「買い忘れたものでも?」

「いや……暇なので、つい本屋さんに」

三窪の恋がもし叶ったら、杏子は諦めるだろうか。

少なくとも、杏子は邑子さんが三窪と付き合うなんて絶対にありえないと思っているに違いない。そうだ! それなら、三窪と邑子さんをくっつけたら俺の恋も叶うんじゃないか?

ふたりが付き合うことと、俺が杏子とヨリを戻すことは全然別問題だとわかっているが、少しでも希望がある方へ行きたい。

「俺、最近はあんまり本読んでないんですけど、三窪からいろいろおすすめを聞いてるんです」

「私もです。三窪くんが読む本と私が普段読む本はジャンルが違うので、新しい発見があります」

なんだ。意外といい感じにコミュニケーションが取れてるじゃないか。このままいけば、もしかしたら……。

「じゃあ、ごゆっくりどうぞ」

「ありがとうございます」

レジに立つ三窪と目が合った。俺を見て、眉がつり上がっている。

「三谷先輩！　邑子さんとなにを話してたんですかっ」

小走りでこちらに駆け寄ってきた。

「意外と邑子さん、脈ありかもな」

「え⁉　それ、マジですかっ⁉」

詳しく教えてくださいよ、とヨダレを垂らして俺に抱き付こうとしたので、頭を強く押し返した。

邑子さんは、三窪が気になっているんだろうか。それとも、言葉通りたまたま暇つぶしに店を訪れただけだろうか。ふたりを恋人同士にするためには、課題がたくさんある。もしかしたら、この不況の今内定をもらうより、大変かもしれない。でも、俺には幸い時間が山ほどある。ふたりをくっつけてやれば、杏子は諦めてくれるかもしれない。

三窪はさっきからチラチラ邑子さんを見ている。邑子さんを見るその目。本物だ。

……バカだな。

くだらない小細工をしなくたって、恋愛ゲームと変わりない。杏子は三窪と出会って、変わったんだ。三窪と出会う前の杏子を知らないが、たぶん俺と付き合っていたときの杏子がそうだろう。杏子は、三窪に恋人ができたくらいではきっと諦めない。杏子は本気で三窪に恋している。だから、俺とのゲームも降りた。

今の俺が完全に変わらない限り、杏子は振り向いてさえくれないだろう。ただ押せばなんとかなる話でもない。杏子と結ばれたければ、嘘はやめて真っすぐに生きるしかない。三窪みたいに。

恋人がいないバレンタインなんて、何年ぶりだろう。もしかしたら杏子が三窪にチョコを渡すかもしれない、と考えるだけでおかしくなりそうだった。だから、一日中バイトを入れた。働いていた方が、余計な心配をせずに済む。

三窪はきょう一日ずっとソワソワしていた。たぶん、邑子さんと会う約束でもしているんだろう。まさか、邑子さんが三窪に告白するのか？ 邑子さんから呼び出されたのだろうか。

毎年もらっていたチョコがないのは、やっぱりなんだか寂しかった。中学の頃も、高校の頃も、たくさんチョコを抱えて帰った。毎年バレンタインデーは俺にとってモテることを周囲に証明できる一日だ。でも今年は違う。恋人もいない。他の誰からもチョコはもらえない。こんなの久々だ。

バイト帰りにふらっとコンビニに立ち寄り、早くも安売りされているバレンタイン用のチョコを買った。今年はもう、思いっきり自分を惨めにする。とことん追い詰めてやる。やけくそだ。

店員の若い女の子が、「この人、チョコもらえなかったから自分で買いに来たんだろうな。かわいそうに」という目を俺に向けてくる。こんなにも切ないバレンタインデーは、ある意味忘れられないだろう。

歩きながら、チョコの包み紙を破いて口に入れた。甘い。ただ甘いだけの塊が、口の中でドロッと溶けた。口の中に入れてから気づく。俺、あんまり甘いものが好きじゃない。

いつもチョコをもらうと、家族にあげていたくらいだ。

道行くカップルたちをぼんやりと眺める。あの人も、この人も、チョコをもらったんだろうな。俺と同じ、寂しい人なんてこの世界にはいないような気がした。みんなカップルになって、恋人繋ぎで指を絡ませ肩を寄せ合い歩いている。ぎゅっと、胸のあたりが痛くなった。

ふと前方から歩いてくる人と目が合う。あれ。邑子さんだ。すぐにチョコを噛み砕いて飲み込む。

「邑子さん」

目が合ったのに、俺を素通りしてそそくさと逃げるように歩いていく。

「邑子さん、ちょっと」

俺は慌てて追いかけ、呼び止めた。邑子さんは軽く会釈して、また歩き出そうとする。

「え、ちょ、どうしたんですか？」

きょうは、いつもより顔が白く見えた。というか、青白い。体調でも悪いのか。

「いえ……なんでもないです」

ただ俺と話したくないだけ、か。相変わらずだ。

「邑子さん、聞きたいことがあるんですけど、いいですか」

「……はい？」

「三窪のこと、嫌いなんですか？」

三窪の名前を出したとたん、目があちこちに泳ぐ。三窪となにかあったのか。

邑子さんは一言も答えてくれなかった。ただ薄っすら開いた唇から漏れる白い息だけがはっきりと見えた。

邑子さんのことだから、なにを言っても答えてくれないだろう。わかっている。

「答えなくていいです。でも、これだけは言わせてください」

俺は、黙ったままの邑子さんに向かって勝手に話しかけた。

「三窪は、諦めませんよ。邑子さんのこと本気なんです」

邑子さんは俯き、じっと動かなかった。

俺たちの横を幸せそうなカップルたちが何組も通り過ぎていく。恋から遠ざかっているのは、俺だけじゃない。邑子さんも、三窪も、杏子もそうだ。

「だから付き合ってやってください、とは言いません。でも、もう少し心を開いてあげてもいいんじゃないですか？　人見知りだからって、そんなふうにしていたら誰もあなたがわからないですよ」

言いすぎたかな。邑子さんの顔色を伺いたいが、俯いているからよくわからない。たぶん真正面から見てもわからないだろう。怒っているだろうか。俺はぶん殴られるだろうか。他人なんかに、こんなこと言われたくないだろう。

少しだけ顔を上げた邑子さんの目は、赤かった。泣いていたんだろうか。

「邑子さんを知りたいと思ってるんです。あいつ、いい奴ですよ」

認めるのは癪だけど、本当だから仕方がない。三窪はいい奴だ。バカみたいに正直で、真っすぐだ。

「だから俺も、諦めません。……あ、邑子さんじゃなくて、別の人ですからね」

俺も今まで散々嘘をついてきた。だから、本音で話すって難しい。言葉の選び方がわからない。

邑子さんはそのまま固まり、動かない。言葉もない。

それじゃあ、と俺は邑子さんに一個チョコを手渡して、退散した。邑子さんの言葉を待てなかった。だって、自分が言った数々の恥ずかしい言葉たちをさっさと消し去りたかったから。

このチョコ、アルコールでも入っているのか。思わず、パッケージ裏の原材料欄を確認する。アルコールは入っていない。だったら、バレンタインデーにやけくそになった間抜けな男、ってことか。

歩きながら、何個もチョコを口に入れる。口の中が甘ったるい。でも、なぜかやめられなかった。

途中、野良神社の前を通りかかると真っ白い猫が鳥居の前に座っているのが見えた。この神社は野良猫の溜まり場になっていて、それで野良神社と呼ばれていると聞いたが、本当らしい。いや、でも白猫は首輪をしていた。飼い猫か。

それにしても、白い猫とは。まさか神様だったりして。

なんて、ふざけたことを考えながら猫を手招きする。しかし、猫は全然動かない。それどころか、俺をふてぶてしい顔で見ているような気がした。

猫って、チョコ食べるか？

チョコをやろうとして、手を止める。

「悪い、猫が食べられそうなもの持ってねぇや。チョコなんて食べないだろ」

白猫はすました顔をして、俺がなにもくれないとわかると神社の奥へ消えていった。なんだ。ツンとしやがって。

俺はまたチョコを口に入れて、いつもよりのんびり歩きながら家へ向かった。ちょっと空を見上げると、星が瞬いている。綺麗だ。なぜだろう、いつもよりも輝いているように見える。

ふーっと息を吐くと、白い煙が広がりすぐに消える。チョコの甘い香りがした。

駅のそばにある駐輪場の脇で、誰かがしゃがみ込んでいる。遠目でもわかった。

なんだ、こんなところで。酔っ払いか。

上着は羽織っているけれど、短いスカート姿で膝を抱えている。

近づいていくと、それは杏子だった。

「杏子」

呼びかけても、すぐには顔を上げなかった。

一体なにを考えているんだ。こんな夜遅くに、ひとりで。

「どうして……ここに……？」

ようやく上げた顔は、疲れ切っていた。唇は口紅がはげて少し青く、頬は赤い。

「それはこっちが訊きたいよ。こんなところでなにしてんだ。危ないだろ」

無理やり腕を引っ張って、杏子を立たせる。

「どうした？　なにかあったのか？」

「それが、落とし物を捜してて……」

「落とし物？」

「キーホルダーなの」

「キーホルダー？」

杏子の言葉を繰り返した。キーホルダーと言われて、クリスマスイブの夜、杏子のスマホにぶら下がっていたあの憎たらしい猫を思い出す。

「そんなに必死に捜すほどのキーホルダーなのか？」

「そうよ！　あたしにとっては大事なキーホルダーなの！」

急にムキになって大声をあげた。散々捜し回ったんだろう。

「放っておいて。見つかるまで捜すんだから」

「どんなキーホルダーなんだ」

「え？」

「特徴を教えろ」

チョコレートの袋を上着のポケットに突っ込んで、仕方ないなとため息をつく。

「白い猫のキーホルダー」

やっぱり。あのキーホルダーか。

「どのあたりで失くしたんだ？」

「わからない。駅からファミレスまで行って、ファミレスを出てからないことに気づいて。ファミレスにはなかった」

「俺は駅の中を捜す」

「え？　いいの？」

杏子は俺の言葉に驚いているようだった。

はいはいそうですか、と放っておけるわけがない。俺を一体どんな男だと思っているんだ。ちょっとムッとしたが、なにも答えず駅の方へ向かった。

杏子がどこを歩いたのかわからないので、まず駅員に落とし物を訊ねた。

「あのすみません、落とし物を捜しているんですけど、白い猫のキーホルダーが届けられてませんか？」

「猫のキーホルダーですか？」

ちょっと不愛想な駅員だった。怠そうに、小さな箱の中を掻き回す。落とし物を保管する箱だろうか。

「白い猫のキーホルダーです」

「ないですね」

俺は首を伸ばして箱の中を無理やり覗く。確かに、それらしきものはなさそうに見えた。

「ありがとうございます」

駅で落としたにしても、届けられてはいないらしい。

必死に駅の中をあちこち歩き回って捜した。ゴミは落ちていても、猫のキーホルダーは見つからない。

あんなキーホルダー、諦めろ。そう言ったら、杏子は怒るだろうなぁ。

見つからなかった。と言えば、きっとショックを受けるだろうし。

俺は杏子の表情を思い浮かべながら、捜し続けた。でも、全然見つからない。スマホを確認するが、杏子からの連絡はなかった。ということは、まだ捜し回っているのだろう。

このまま見つからなかったら、杏子はどうするだろう。あしたも捜すだろうか。杏子なら本当に一晩中捜し回りそうだ。

キーホルダーなんて、誰かが拾っていった可能性は十分にある。

もう、これしかない。

駅から出て、バイト先へ急いで向かった。今ならまだ店は閉めていない。

財布の中にある小銭を確認する。

このカプセルトイ、一回三百円もするのか。意外と高いな。

幸い百円玉は六枚ある。

勢いよく百円玉を三枚入れて、頼むから一発で出てくれと回す。出てきたカプセルを開けるが、中身は黒猫。仕方なくまた三百円を入れて回した。次は三毛猫。黒猫、三毛猫、灰色猫、白猫、サビ猫の全五種類。機械の中にはまだ半分くらいカプセルが残っていた。この中に白猫がある可能性はどのくらいだろうか。まずはお金を崩さなければ。

店の外にある自販機でほしくもない缶コーヒーを一本買う。お釣りの百円玉でまた再度回してみる。でも、出てきたのはサビ猫だった。

手のひらに三体の猫を並べる。あと何回回したら出てくるんだろう、白猫は。

やがて大量に回した空のカプセルと、里親を探さなければならないほどの猫の山を見ながら、杏子に電話をかける。

「どこにいる、あったぞ」

「あった⁉　ほんと⁉」

杏子の金切り声で耳がキーンと鳴る。

「野良神社の方へ戻ってるところなの」

「わかった、そっちに行く」

空のカプセルを捨て、大量の猫は鞄の奥に突っ込んだ。

本当にこれでいいのか。

手の中にいる白猫と目が合った。

杏子が大切にしていたものだ。失くしたままの杏子を放っておくことはできない。

「杏子」

電灯もあまりない野良神社の前で、杏子が待っていた。

「ほら」

ポケットの中から猫を出し、杏子に渡す。

「どこにあったの⁉」

「駅の落とし物として預かっていたみたいだ」

「駅で落としたんだ……」

よしよし、と杏子は猫の頭を指先で撫でた。そんなにも大切なものなのか。

「ありがとう」

撫でたときの表情。ああ、これが好きな人に見せる笑顔なんだ。俺に見せていた笑顔は作り物だった。

「どうせ、好きな人からもらったキーホルダーとかなんだろ」

「どうせってなによ」

「もう失くすなよ」

杏子のムッとした顔が可愛くて、つい、手を伸ばしたくなってしまう。手繰(たぐ)り寄せたくなってしまう。堪えるように、拳を握った。

「杏子が好きだ」

つい、声が大きくなってしまった。杏子はぽかんとして固まっている。

「俺はまだ、杏子を諦めてない」

「え、なに急に？　だって、あたしたち別れたんだよ？」

杏子の中ではもう終わっている。わかってはいるけど、杏子から切り離されていることが辛い。

「それは杏子が別れたかったから別れたんだ」

「遊びだったって言ってたでしょ？」

遊びだった。確かに初めはそうだった。それなのに、いつの間にか杏子に本気になっていた。本気になったとたん、杏子との関係も崩れてしまった。俺はいつだって、誰かの王子様にはなれない。

だけど。

「遊びじゃなかった。本気だった」

もう逃げてはいけない。もしここでまた逃げてしまったら。自分の気持ちに蓋をしてしまったら。二度と本物の恋には巡り合えないような気がしていた。

「そんな言葉、あたしが信じると思う？」

「いや」

杏子がそんな簡単に信じるわけがない。だから、証明するしかないんだ。時間をかけて。

「でも、信じてもらえるように努力する。もう、自分の気持ちに妥協したくないんだ。本気で好きな人を諦めたくない」

諦めるわけにはいかない。どうしても、好きだから。恭介にもらったキーホルダーを死ぬほど大切にしている杏子でも。俺はそのキーホルダー以下であっても。

「俺は、杏子が大切に思っているものを大切にしたい。今は、他の男で頭がいっぱいになっていたとしても」

杏子を真っすぐに見た。瞬きするのだって惜しいくらい、杏子を見つめていたい。気持ち悪いと言われたって、どうでもいい。情けなく思われたっていい。俺は杏子が好きだ。

杏子と別れて、空に浮かぶ月を見ながらチョコを食べながら歩いた。家に着く頃には、チョコはもう残っていなかった。

第五章　池谷邑子は恋をしない

目の前に出されたシャンパングラスの中で、小さな泡がしゅわしゅわと弾ける。グラスの奥底には強く輝く光――ダイヤモンドがあった。泡に包まれた人魚姫(にんぎょひめ)のようだ。

「君と一緒に、これからの人生を生きたいんだ」

私――池谷邑子のシャンパングラスを、目の前にいる男が手に持った。グラスを斜めに傾け、フォークを使って器用に指輪をすくい上げる。ペーパーナプキンの上に載せ、優しく子どもの頭でも撫でるようにそっと拭く。そして私に指輪を差し出した。

「誕生日にプロポーズするのがいいかなと思って」

きょうは一月八日。月曜日。わたしの誕生日だ。

……ちょっと待って。今、なんて言った?

人生でおそらく一度しかないプロポーズの瞬間なのに、私はちゃんと聞いていなかった。小さい頃から、私はこの瞬間に憧れていたはずなのに。本当に現実になるとは思ってもいなかった。こんな私がプロポーズされるなんて。

最高に嬉しい瞬間のはずなのに、哀しい。なぜだろう。これほど美しく輝くものを、私は見たことがない。なのになぜ、私は哀しいのだろう。寂しいのだろう。

人魚姫は最後、泡になって海に消えた。王子様とは結ばれない。王子様は別の人と、恋に落ちるのだ。人魚姫の涙は宝石のように光り輝き、深い海に沈む。このダイヤモンドのように。

目の前に差し出された大粒のダイヤモンドを見て、私はなぜか赤い金魚の指輪を思い出していた。このダイヤの指輪とは、比べられないほど安価な指輪だったのに。なんなら、自分ですぐに買うことだってできたのに。

受け取れ。今すぐ左手を差し出して、薬指にこの指輪をはめてもらうのだ。そうすれば、すべてが終わる。二十八歳で彼氏もいない、結婚もしないと両親から心配されていた。それが、この指輪をはめれば終わる。

母がうるさくお見合いを勧めてくるので、仕方なくそのうちのひとりと会った。彼はこれまで一度もお付き合いをしたことがないと言う。彼もまた、親から結婚を急かされて、仕方なくお見合いをしていた。同じだった。

だから彼とならうまくいくのではないか、と理性的な判断で私たちは何度か会っていた。お互い親からの干渉は受けたくないので、会っていることは絶対に秘密にすると約束して。

恋と結婚とは、同じようで全くの別物だ。恋は、夢や幻想が入る。でも結婚は違う。生活が大事だ。共に生活して、共に生き抜く。結婚する相手は、いわば人生という戦場を切り抜けるための相棒とも言えるだろう。

彼と結婚すれば、理想の家庭が作れる。彼は優しいし、仕事も安定しているし、わりと稼ぎもいい。私もこのまま仕事を続けて共働きでいれば、子どもを持つ余裕も家を買う余裕もあるはず。

　高級レストランの窓際の席。美味しい料理にシャンパン。私なんかのために、プロポーズの演出を考えてくれたのだろう。

　キラキラと眩い指輪。ただのガラスではない。ダイヤモンドだ。私なんかのために、わざわざお店に行って高いお金を払って用意してくれたのだろう。

「ごめんなさい」

　それなのに私はプロポーズを断っていた。

　罵(ののし)られるのを覚悟した。私は最低の人間だ。彼の気持ちも考えないで、ただ会うだけ会って。

　彼はいつも私をいろんなところへ連れていってくれた。美味しいレストラン。遊園地。公園。映画館。楽しくなかった、とは言わない。でも、私の中にはなにも残らなかった。

　断ったあと、思い切って彼を見た。彼は笑っている。

「僕に恋してないもんね、邑子さん」

　彼は何事もなかったように指輪を胸ポケットに入れ、立ち上がった。

「僕だけが邑子さんに夢中だった。情けないよ。でも、君には心がないみたいだ」

　そう言って、お会計を済ませると彼は去っていった。私を残して。

　当たり前、か。プロポーズを断った女と一緒に帰るはずがない。

一生で一度のプロポーズだったかもしれない。もう二度と、誰かに求婚されるなんてないかもしれない。だけど、今の私には「はい」と答えられなかった。なぜかは、わからない。

泡に包まれた人魚姫――いや、ダイヤモンドの指輪か――は、声があったら言うだろうか。「私があなたを助けたのよ」と。いや、きっと言わなかっただろう。人魚姫は、王子様がただ好きだった。一緒にいられなくてもいい。好きでいられるだけで、十分だったのだろう。

人魚姫が消えたシャンパングラスを眺めて、私はなぜか、三窪恭介を思い出していた。初めて恭介に会った日、彼は私をキラキラした瞳で見つめていた。私がバカみたいな恋愛小説を立ち読みしていたのを、彼は見かけたと言っていた。彼の瞳は、おとぎ話を信じる小さな子どものようだった。立ち読みしていた恋愛小説みたいに、愛し合う者同士は強く惹かれ合い、運命にさえも逆らい、結ばれる。そんな夢物語を信じている目だった。

純粋無垢（じゅんすいむく）な彼に話しかけられるたび、私は怖くなった。私は、ハッピーエンドが約束された、おとぎ話のお姫様ではない。舞踏会（ぶとうかい）には行けないし、毒リンゴを一口かじれば永遠に目覚めない。糸車（いとぐるま）の針に指を刺して死ぬ。

いや、違う。

ただの、どこにでもいる女。それが私。おとぎ話の世界なら、シンデレラになれないただの使用人だ。脇役にすらなれない女だ。だからこそ、恭介の瞳に映る自分に耐えられなかった。恭介は私を知らない。私が一体どんな人間なのかを。夢も希望も持っていない、一緒にいたって退屈な女だという事実を。知られるのが、怖かった。

だから、私はもう、恋なんて二度としない。あの雪の日にそう誓った。

＊＊＊

寝ても覚めても好きな人がいる。同じ高校の一年上の先輩――鈴木悠(すずきゆう)先輩だ。背は高くて肌はこんがりスポーツ焼けしていて、髪は少し茶色い。太陽の下で見る鈴木悠先輩の瞳は、綺麗な琥珀色(こはくいろ)に見えた。勉強もスポーツもできる非の打ちどころのない人。当然、恋人の噂は絶えなかった。ファンクラブもあるほど人気だった。バレンタインともなれば大量のチョコレートをもらっていた。私は高校在学中、一度もチョコを渡せなかった。告白する勇気がなかったのだ。

人気者の先輩と、地味で可愛くもない後輩とでは、どの世界でも物語は始まらない。わかっていた。だから、そっと鈴木先輩を見つめることしかできなかった。

高校一年生のときに、同じ生徒会役員として知り合ってからずっと片想いをしていた。苦しかったけれど、同時に幸せも感じていた。複雑な気持ちだ。鈴木先輩を校内で見かけるたび、胸が高鳴って、苦しかった。でもその苦しさが、私を心地よくさせていた。こんなにも誰かを好きになれる。愛おしく思える。それが嬉しかった。

必死で勉強した。鈴木先輩は完璧だ。カッコいいだけではない。頭もいい。

鈴木先輩と同じ大学に通うため、塾へ行き、とにかく勉強だけをして、高校時代を過ごした。特に、先輩が卒業したあとは勉強に身が入った。

先輩が通う大学は、都内でも有名な国立大学だった。両親は有名大学に受かったことだけを喜んでいた。私がなぜその大学へ行きたいかは、どうでもいいのだ。

晴れて先輩と同じ大学に入学し、鈴木先輩と同じサークルに入った。鈴木先輩は天文サークルに入っていた。なにひとつ迷うことなくそこに入って、頑張って鈴木先輩に近づいた。高校時代は勉強ばかりしてきたので、大学に入ってからファッションやメイクの腕を磨いた。雑誌なんて一度も買ったことがなかったが、とにかくいろんなファッション誌を読み漁った。大学ではみんなおしゃれだし、私がダサいという事実は誰が見ても丸わかりだった。七つも年下の妹の方が、私よりはるかにおしゃれだ。さすがに妹の真似はできなかったが、同じ大学に通う女の子たちの服装や雰囲気を手本にして、少しでも鈴木先輩の好みに近づきたかった。

「邑子先輩、知ってました？　野良神社は恋愛成就の神社だって」

「噂で聞いたことがある、くらいかな」

憧れの鈴木先輩を追いかけて入った大学。鈴木先輩と同じサークルで、二年目の夏がきた。鈴木先輩との距離はあまり縮んでいないものの、可愛い後輩ができてそれなりに楽しい学生生活を送っている。

「邑子先輩は、鈴木先輩が好きなんでしょ？　絶対うまくいきますって、告白しちゃいましょ！　あっ、なんなら野良神社でお参りに行ってからにします？」

「え、なんで知ってるの⁉」

「そんなの、バレバレですよー」

後輩の高橋ののか、通称のんちゃんは私の肩を軽く突いて、妖しく笑っている。

「えぇ⁉　バレバレ⁉」

「ですよ、鈴木先輩ももう気づいてるんじゃないですか？」

私はええええ、と身体を震わせた。

この恋心はひっそりと、温めてきたものだったのに。告白なんてするつもりはない。ただ、好きでいられるだけで幸せなのに。

「だって邑子先輩、高校から鈴木先輩を追いかけてきたんでしょ？　今フリーらしいから、チャンスじゃないですか！」

「いや、でも私はそんなことまで願ってないし……」

「好きな人を誰にも取られたくないって思うのが、普通じゃないんですか?」

誰にも取られたくない、か。もし私が、妹の杏子のように魅力的だったら、独占したくなったかもしれない。でも、こんな私が鈴木先輩を誰にも取られたくないなんて、醜(みにく)いと思われないだろうか。

「いいんですか、そんなに消極的で。鈴木先輩、モテますよ」

「私なんかが……」

「邑子先輩は美人ですって。ほーら、鏡見てくださいよ」

のんちゃんは化粧ポーチから手鏡を出して、私の前に突き付ける。

「ね? ほら、笑ったらもっと美人になるんですから」

のんちゃんは本当にいい子だ。しっかりしてるし、真っすぐ。こんな私のことも励ましてくれる。

「そういえば、野良神社は失恋にも効果あるらしいですよ。恋に傷ついたとき、野良神社で猫神様に『もう恋なんてしない』とお祈りすると、恋心をもらってくれるんだそうです。そうすると、恋に傷ついたことを忘れて恋に悩んだりしなくなるとか」

「へぇ、そうなんだ。知らなかった」

「感心してる場合じゃないですよ。自分の気持ちに正直にならないと、誰かに取られちゃいますからね」

そこんとこ、覚えておいてください、とのんちゃんは笑った。

のんちゃんに言われて、私は初めて野良神社へと足を運んだ。恋人になれますように、私の気持ちに振り向いてくれますように、なんておこがましいお願いはできなくて、ただずっと好きでいられますように、と願った。

野良神社へ行ったあと、私は鈴木先輩に呼び出されて、告白された。「ずっといいなって思っていたけど、あまり話す機会がなくて。でも思い切って言うから、聞いてくれる？」と。

夢かと思った。夢ならば永遠に醒めたくないと思った。喜びが身体の奥底から一気に込み上げてきて、内臓や骨を震わせた。

私は、叶うとも思っていなかった大きな夢を叶えた。

神様が私にくれた最大のプレゼントは、先輩だった。諦めずに想い続ければ相手に届くんだ。そのときの私は、そう思っていた。夢は叶う。願いも叶う。いつか努力は報（むく）われるのだ、と。

私たちはずっと、喧嘩（けんか）することもなく、平和で穏やかな日常を送った。毎日が夢のように幸せだった。

でもその夢は、巨大すぎて抱えられなかった。

鈴木先輩は一足早く卒業し、社会人になった。それからは会う回数が減った。当然だ。大学時代は同じサークルだし、ずっと一緒にいられた。けれど、社会人になれば話は変わってくる。だから、仕事が忙しくて会えないと言われても、鈴木先輩の重荷にならないようわがままも言わなかった。会いたい、なんて言って困らせたくもなかった。

私も無事に就職先が決まり、卒業。お互い社会人になってからは、ますます会う回数が減った。それでも私たちの交際は続いていた。もしかして、そろそろ結婚？　なんて淡い期待を抱いていた。結婚しよう、とプロポーズされる瞬間を、ずっと夢見ていた。お金はたくさんなくていい。大きな家を持てなくてもいい。子どもは自然に任せる。ただ慎ましく、幸せに、大好きな人と一緒に暮らせる人生がほしい。

社会人一年目のバレンタインデー。鈴木先輩と最後に会ったのは夏休みだった。クリスマスもお正月も、鈴木先輩が忙しくて会えなかった。連絡は取り合っているものの、頻繁ではない。仕方がない。忙しいんだ。だからこの日、ひとり暮らしをしている先輩の家でご馳走を作って、サプライズしようと計画していた。料理を習い、母にもいくつかレシピを教えてもらっていた。しかし、先輩から風邪をひいてしまったと連絡をもらい、急きょ予定を変更しておかゆかうどんか、消化にいいものを作ってあげようと彼の家に行った。連絡しないで突然押しかけてしまったのが、事の発端だった。

部屋にいたのは、鈴木先輩だけではなかった。

「……のん……ちゃん？」

偶然居合わせたのではない。のんちゃんはエプロン姿で出てきて、部屋からはいい匂いが漂っている。

「どういう……こと……？」

鈴木先輩はいたって冷静に「あー、来ちゃったの」と面倒くさそうに言った。

「邑子ちゃん、つまらないいんだよね。いっつもいい子だし。単純っていうかさ。可愛いけど、それだけって感じ」

言われたときは、陳腐で使い古された表現だけれど、心臓を握り潰されたみたいに胸が苦しくなった。辛くて、涙も言葉もなにも出なかった。

「もう半年以上会ってないんだから。自然消滅、狙ったのに」

鈴木先輩はそう言って、のんちゃんと目を合わせて照れ笑いをしている。

「邑子先輩、だから言ったじゃないですか。自分の気持ちに正直にならないと、誰かに取られちゃいますからねって。付き合ったからって、気を抜きすぎです」

目の前にあるふふ、と笑うのんちゃんの顔を、視界に入れるのが怖かった。

「あたしたち、結婚するんです」

「え？」

のんちゃんはまだ学生だ。この三月に卒業するはず。

「今お腹に赤ちゃんがいるんですよ。まだわかったばっかりなんですけどね。でも、ラッキーでした。もう卒論も提出してあるし、卒業は確定ですし。お腹が膨らむ前に袴(はかま)着れそうです」

なにを言っているのか、理解できなかった。

ね？　とまたふたりで微笑み合っている。

のんちゃんの左手の薬指に、きらりと輝く指輪が見えた。

吐きそうだった。私は必死で口元を手で押さえて、そのまま走り去った。

アパートの階段から転がり落ちそうになった。膝が震えて、うまく走れない。

それでも私は、ただ走った。今すぐにでも、この場所から離れたかった。

私が信用していたものは、一体なんだったのだろう。高校の頃からずっと大好きだった鈴木先輩。可愛がっていた後輩ののんちゃん。私が今まで見てきたものは、一体なんだったのか。

もう誰も信じない。そうだ。信じたのがいけなかった。初めから自分の心に正直に生きていれば、こんなひどい目に遭うことはなかった。鈴木先輩にただ好きなだけ片想いをして、ひっそりと生きていればよかったんだ。

私は当てもなくさ迷い歩いた。歩きながら、どうしても鈴木先輩やのんちゃんとのこれまでの会話を思い出してしまう。初めから私をバカにしていたのか。いつから。

どこから。途中で、のんちゃんが言っていた言葉を思い出す。

――恋に傷ついたとき、野良神社で猫神様に「もう恋なんてしない」とお祈りすると、恋心をもらってくれるんだそうです。そうすると、恋に傷ついたことを忘れて恋に悩んだりしなくなるとか。

恋心なんて、私には必要ない。いらない。

私は野良神社へ行き、賽銭箱にお金を入れ、願った。もう二度と、恋はしません、と。今の気持ちから救われるなら、なんだっていい。最低最悪の後輩から教えられた噂に縋ることすら、なんとも思わない。それに、もしかしたら、のんちゃんが本当に私に伝えたかったのはこの言葉だったのかもしれない、となぜだか思った。あのときから、のんちゃんも鈴木先輩が好きだったんじゃないか、と。奪う算段を立てていたんじゃないか、と。

――リン。

澄んだ鈴の音が聞こえた。ふと足元を見ると、小さな白い猫がいる。

「あなたが……猫神様？」

自分でそう言っておいて「そんなはずないよね」と否定する。

撫でようと思って手を伸ばすと、白猫は尻尾を揺らして、警戒しているようだった。

そういえば、いいものを持っていた。肩にかけていた鞄から小袋を取り出す。煮干しだ。鞄の中には、いろいろ作ろうと思って、食材を詰め込んでいた。

「雪みたいに、真っ白だね」

私は煮干しを数本白猫にあげて、ちらちらと降る雪の中、野良神社をあとにした。

鳥居をくぐり、出たところで見知らぬおばあちゃんに声をかけられる。白髪で、少し腰が曲がったおばあちゃんだった。

「大丈夫？」

泣きながら歩いていたからだろう。ひどい顔しているんだろうな、と私は情けなく思いながら笑った。

「大丈夫です、ありがとうございます」

おばあちゃんは私の顔をじいっと見つめる。なにかついてるのか？　と思うほど、長い時間見つめられた。

「……え？」

おばあちゃんは急に私の手を握る。驚いて、思わず私は後ずさった。

「辛いことがあったのね」

「え、どうして……」

「白い猫に、会った?」

白い猫? さっき煮干しをあげた猫のことだろうか。

「はい、賽銭箱のあたりにいましたよ」

「覚えておいて。もし、恋心を預けて、返してほしくなったときは――」

＊＊＊

他の客の笑い声に、現実に引き戻された。

他の席では、数人の男女が楽しそうに食事をしている。私とは大違いだ。

所詮はただの噂だった。願いなんて、そんな簡単には叶わないし、恋に傷ついたことを忘れて悩んだりしなくなるなんて、本当だとは思っていない。けれど、願った翌朝心がスッと軽くなっているような気がした。これが猫神様のおかげなら、ありがたい。これで心を閉ざして、恋とは無縁に生きていける。そうすれば、もう二度と辛い思いをしないで済む。

今はもう、失恋の痛みは忘れているけれど、心が痛かったことだけは覚えている。

恋なんて、しない方が楽だ。
シャンパングラスの中身を一気に喉の奥へ流し込み、立ち上がった。

——君には心がないみたいだ。

先ほど言われた言葉を反芻する。でも、ちっとも悲しくない。むしろこれから先、どうするかという不安だけが残された。

私の毎日は単純だ。私の一生を一冊の本にまとめたら、さぞかし薄っぺらい本が出来上がることだろう。それくらい、私の世界は淡々としている。同じ日々を繰り返して生きているだけだ。

朝六時に起床。朝ごはんを食べ、化粧をし、七時半には家を出る。電車に揺られながら、満員電車で奇跡的に座れたときだけ読書をする。社会人になって多少は減ったが、読書だけは絶対にやめられない。

会社に着いて、いつもと同じ事務作業。膨大な量の数字をパソコンに打ち込んで、コピーを取ってそれをまとめる。電話がかかってくれば応対し、来客があればお茶を出す。大学を卒業してこの仕事に就き、もう五年になるけれど、いまいち自分の仕事が会社にどんなふうに役立っているのかわかっていない。給与はまあまあ、福利厚生もしっかりしている。有給も取りやすい。だから辞めずに、ここで毎日同じ作業を繰り返して働いている。

就職活動をするときに仕事を選ぶ基準となっていたのは、当時の恋人——先輩だった。今思うとバカバカしくて笑ってしまう。元カレの職場に近くて、家賃が手ごろな場所でひとり暮らしができること。そしてなるべく長く勤められそうな会社を選んだ。それが今の会社だ。

なりたいものがなかった。やりたいこともなかった。恋人が中心の生活。あとは両親に言われるまま勉強して、いい子でいた。

だから、恭介の将来の夢や希望を聞いたときに感心した。社会福祉士や介護福祉士は立派な仕事だ。私よりずっと若いのに、ちゃんと自分のなりたいものに向かって突き進んでいる。恭介と同じ二十歳の頃の自分とは、比べものにもならない。

やっぱり、私の一生を一冊の本にまとめるなんて、書くことがなさすぎて無理がある。夢や希望もないし、特にこれといって特別な趣味や特技も持っていない。あえて記すならば、一年ほど前から飼っている金魚のことくらいだ。

私は四匹の金魚を飼っている。なぜかといえば、ちゃんと理由はある。

私は文学部を卒業してから、文学なんてなんの役にも立たない仕事に就いた。そのとき思った。私はこのまま死んでいくのだ、と。なんの興味もない仕事をして、休みの日は家に引きこもる。時々出かけるのは映画館か本屋くらい。週明けの月曜になれば、また出勤する。前日と同じような日々を繰り返し、なんの変化も感じないまま、私は死ぬのだ。

　恋なんてもう二度としない。いや、しないのではなくてもう二度とできない。こんな私を好きになってくれる人なんて現れるはずがないし、私がまた誰かに恋をするなんて無理だ。

　そう思ったとき、昔、大学の講義で取り上げられた、田村俊子(たむらとしこ)の『生血(いきち)』を思い出した。私には、金魚のような華やかで優雅で官能的なものが必要だった。思い悩んだ末、金魚を飼った。実際、金魚は口をパクパクさせて狭い水槽の中を泳ぎ回るだけだ。水槽を叩けばいつだって、エサがもらえるとひとつ覚えで、水面に顔を出す。間抜けだった。私みたいだ。でも妙に、愛着が湧いた。私みたいだからこそ、好きになれたのかもしれない。

　金魚にはそれぞれちゃんと名前がある。『生血』で主人公がつけた名前をそのままもらった。紅(べに)しぼり、緋鹿(ひが)の子、あけぼの、あられごもん。運命のいたずらか、私の名前は『生血』の主人公「ゆう子」と同じ読みの邑子だ。

　仕事に出かける前、金魚たちをしばらく眺める。狭い水槽の中だけれど、泳ぐ彼らの姿は美しい。私も、ちょっとでもいいからこんなふうに泳げたらいいのに。

家を出て駅へ向かう。いつもと変わらない風景。もしかしたら、きのうもすれ違っただろう人たち。

きょうは運よく、乗った電車で目の前の席が空いた。座ってすぐに鞄から本を取り出し、きのうの晩に挟んだしおりの場所から読み始める。変わるものといえば、小説の中の人だけだ。主人公たちは誰もみな、輝いて見える。

電車を降り、会社へ向かう途中、珍しく杏子からメッセージが入った。きょう、会いたいと言う。

妹と私は全く違う。年もだいぶ離れているし、趣味嗜好がそもそも違うのでなにを話していいのかわからない。友達が多くて人見知りしない、明るく奔放な妹は両親からずいぶん可愛がられて育った。勉強や生活を厳しく管理されてきた私とは違う。私はきっと、可愛くないのだろう。明るくないし、人見知りもひどい。人前で話すのも嫌いだし、たとえ肉親である両親や妹とでも、コミュニケーションを取るのが苦手だ。だから、早く家を出たかった。私がいないあの三人でなら、家族として楽しくやっていけるだろうと思っていたからだ。私は家族の中でも浮いていた。

いいよ、と杏子に返事をしてデスクに座る。

妹から会いたいなんて言われるとは。きょうはいつもと全然違う日になりそうだ。

私に会いたい理由は、一体なんだろう。

仕事中、ずっと妹の言葉が頭の中でぐるぐる回っていた。あと、小説の続きが気になる。

きょうも相変わらず膨大な量の数字を打ち込み、コピーを取り、それをまとめて仕事をしているフリをしていた。こんな仕事、私でなくたって誰でもできる。私でなければいけない理由なんて、ない。

仕事を終え、杏子に連絡するとすぐに電話がかかってきて「今、近くまで来てる」と言った。

「ご飯は？」

訊ねると「うん、食べに行こう」と杏子は答えた。

合流して、てきとうに駅近くの空(す)いている店に入る。サラリーマンやＯＬたちから愛される、こぢんまりとした定食屋だ。店に入ると、まさに「お母さん」と呼びたくなるような割烹着(かっぽうぎ)を着た店員が目に入る。母と同じくらいの年齢だろうか。

私もこの店はたまに利用していた。実家よりも、ここでひとりで食事をする方が落ち着く。

「会いたいなんて、珍しいね」

席に座りながら私が言うと、

「姉妹なんだから、別にいいじゃん」

と、なにかイライラした口調だった。妹はいつもそうだ。いつもちょっと怒っている。私のせいだろうか。

私は黙ってメニューを広げた。杏子も黙ったまま、メニューを眺めている。

煮魚定食、チキン南蛮定食、ハンバーグ定食、モツ煮定食……いろいろある。きょうの気分は、煮魚定食かな。最近、煮魚は作っていない。料理するのが面倒で、誰かに食べさせるような料理は作っていなかった。ひとり暮らしが長く続くと、こうなる。納豆にご飯に味噌汁。その程度だ。

しばらくして「決まった？」と訊ねると、杏子はうんと頷くので、店員を呼んで注文した。杏子はハンバーグ定食を頼んだ。

杏子が話し始めるまで、私はただぼんやり店内を見回して、時々杏子をチラッと盗み見て様子を伺っていた。自分の妹だが、なにを考えているのかさっぱりわからない。おそらく、向こうも同じことを思っているだろうけれど。

「お姉ちゃんは、どうして彼氏作んないの？」

へ？　と間の抜けた声が出た。

神妙な顔をしているから、てっきり重大な話かと思ったのに。なんだ、恋愛の話か。

「彼氏ねぇ……」

杏子にも両親にも、プロポーズされたことは話していない。しかも断ったなんて、絶対に言えるはずがない。もしかしたら、私の妄想かなにかだと疑われるのではないだろうか。

「この間、誕生日だったでしょ。結婚のこと、お母さんたちも言ってるし」

「私、一生結婚なんてできないかも」

なぜプロポーズを断ってしまったのか。結婚するには最高の相手と出会えたというのに、私は未だに恋を信じたいと心のどこかで思っているのか。

だから、断ってしまったんだ。恭介の顔が浮かんだのもそれが理由かもしれない。バカだ。

「恭介くんと会ってる?」

杏子が小さな声で訊ねた。

「たまに、かな」

「彼、またきっと告白してくるよ」

「え? 前に断ったよ。たぶん、してこないと思うな」

気持ち悪いです、と言った自分の言葉を思い出す。あのときは、ずいぶんひどい言葉を投げかけてしまった。でも、それくらいはっきり言わなければ、彼は諦めてくれないような気がした。傷つけるのはかわいそうだったけれど、仕方がない。だって、私と恭介が付き合うなんて、考えられない。年は離れているし、こっちは三十手前のおばさんだ。まだまだ若い恭介には、もっといい人がいる。

「あたし、恭介くんが好きなの」

煮魚定食が先に運ばれてきた。私はそれを受け取って、つやつやとした煮魚を眺めた。湯気が立ち上っている。

「お姉ちゃん、恭介くんには興味ない、どうでもいいって言ったよね。だったら、断って」

そうか。杏子はそれで、険しい顔をしていたのだ。

もう断っている。かなりひどい言葉で告白を断った。また告白されるなんて、到底考えられない。

杏子の普段の様子はあまり知らないが、時折男連れで歩く姿を目撃している。それも、相手はいつも違う。杏子もそうかもしれないが、相手の男たちも、きっと今が楽しければすべてよし、という感じだろう。

だけど、杏子の眼差しは真剣そのものだった。

ああ、本気なんだ。本気で、三窪恭介が好きなんだ。

「わかった」

私はそれだけ言って、煮魚に箸をつけた。すぐあとにハンバーグ定食がやってくる。じゅうじゅうと熱い鉄板の上で、肉汁が躍っている。ハンバーグの上にはとろんとした目玉焼きも乗っていた。絶対、半熟だ。

杏子は黙って食べた。私もそれ以上なにも声をかけなかった。

店内に、仕事帰りのサラリーマンたちが入ってきて、私たちふたり以外はみんな賑やか夕飯を楽しんでいた。

食べ終わり、私たちは「おやすみ」と言って別々の方向へ歩いて別れた。

妹と同い年の男の子が私を好きで、妹はその男の子が好き。いまどきこんな話、小説にもならない。バカみたいな話だ。当然、私ではなくふたりが結ばれるのが自然だろう。話も合うだろうし、恭介は見た目のわりにしっかりした青年だ。杏子を大切にしてくれるだろう。少なくとも、杏子が度々遊ぶ男たちより断然いいはず。

吐く息が夜道に白く浮かび上がる。それを目で追うと、空に浮かぶ月が寂しげに見えた。

バレンタインデーに、恭介から会いたいと言われていた。恭介は二月十四日ではなく、バレンタインデーに会えないかと訊いてきた。もしかしたら、私からバレンタインのチョコがもらえるかもと期待しているのか。

いや、考えすぎか。たぶんきっと、いつものように本の話だろう。

待ち合わせまでまだ時間があったので、デパートをうろうろする。普段滅多にデパートなんて出歩かないので、なかなか新鮮だった。どこもかしこもカップルだらけに見えるのは、きょうがバレンタインだからだろうか。それとも、私が気にしているだけなのだろうか。

バレンタインチョコの特設売り場では、当日のきょうもまだ人だかりができている。見事に、女だけの世界だ。近年、バレンタインデーは女の子が愛の告白をする日ではなく、友達や自分に特別なチョコを買う日に変化してきていると今朝のニュースで見た。このたくさんの女性のうち、自分用ではなく愛の告白用にチョコを買っている人は、どのくらいいるのだろうか。統計を取ってみたら面白そう、なんてバカなことを考えてみる。

ふと、ガラスケースの向こうに並ぶ高級なチョコレートが目に入る。値段を見て跳び上がりそうになった。高い。こんな小さな箱に、たったの四粒しか入っていないのに。食べたら一瞬で溶けて消える。こんな高価なもの、自分用でさえ買うのを躊躇ってしまう。

恭介に、チョコを渡すべきだろうか。

だけどどんな名目のチョコだろう。友チョコ？　読書仲間としての義理チョコ？

いや、私たちは友達ではない。当然恋人でもない。このままずっと会い続けていたら、恭介に希望を与えてしまう。チョコなんて渡したら、大事件だ。杏子との約束も破ってしまう。

チョコ売り場に背を向け、とにかく逃げた。早く終われ。とっとと過ぎ去れ、バレンタインデー。

まだ待ち合わせ時間には早いと思っていたけれど、約束の駅前に行くと恭介の姿が見えた。ダウンジャケットを羽織り、相変わらず明るい茶色の髪の毛。目元の泣きぼくろ。どう考えたって、私と恭介は合わない。

ばちっと、恭介と目が合う。私を見つけて、またあのキラキラとした瞳を私に向けて走ってくる。

「邑子さん、俺と、付き合ってください！」

人目も気にせず、恭介は私にチョコの箱を差し出し頭を下げた。

行き交う人たちが、私と恭介を交互に見る。

ああ。どうして私は、彼を否定しつつ受け入れたいと思ってしまうのだろう。きっと、彼の真っすぐで正直なところが、私に嘘をつかせないようにしているのだ。

もっともっと早く、恭介と出会いたかった。できればもっと近い年で生まれたかった。鈴木先輩なんてくだらない男に、恋をする前に知り合いたかった。

涙が溢れて頬を伝う。プロポーズされたときには、感動もなにもなかったのに。今は、とにかく胸がいっぱいだ。

恭介は顔を上げると、私が泣いているので慌ててなにかを探していた。そして、上着のポケットからティッシュを取り出し、チョコの代わりに差し出した。

「……ごめんなさい」

恭介は、一瞬私にぶたれたような顔をした。私の言葉は、実際に彼の頬を叩いたようなものだ。心もずたずたに、引き裂いただろう。

それからすぐに「そうですよね、俺なんかじゃダメですよね」といつもみたいに、笑っていた。

もうきっと、二度と恭介は私に告白してこないだろう。

「でもこれは、もらってください。チョコ、美味しいですよ。今年の売れ行き上位のチョコらしいんで。ほら、パティシエの人にも会ったんですよ。サインももらっちゃって」

差し出された箱には、確かにサインがある。恭介は私なんかのために、あの女だらけの行列に並びわざわざ買ってくれたのだ。

だけど。

これを受け取ってしまったら、また彼に淡い期待を抱かせてしまうのではないだろうか。もらうわけにはいかない。こんな立派なものを。私なんかが。

「これは、もらえない。私じゃなくて、もっとふさわしい人にあげてください」

私ははっきりそう言って、恭介を残し歩いた。とにかく、この場から離れるために。

恭介には悪いけれど、辛い思いをさせるために。私のことなんて早く忘れて、新しく別の人を好きになってほしい。もっと、恭介に似合う人。恭介のように純粋で、真っすぐで、恋愛に向いた可愛い人を。

きょうは寒い。道行く恋人たちが、手を繋ぎ、優しく微笑み合い、温かそうに見えるのはなぜだろう。

どこかカフェにでも入ろうか。それとももう、帰ろうか。悩んでいると、前方から見知った顔が近づいてくる。どうしよう。今は、誰とも話したくない。

「邑子さん」

案の定目が合ってしまい、声をかけられてしまった。

軽く会釈してその場を立ち去ろうとした。でも、再び呼び止められる。

「え、ちょ、どうしたんですか？」

三谷は手にチョコの袋を持っていた。彼も私と同じで、ひとりぼっちのバレンタインデーか。

「いえ……なんでもないです」

彼の吐く息は、甘い香りがする。チョコを食べながら歩いていたのか。

「邑子さん、聞きたいことがあるんですけど、いいですか」

「……はい？」

「三窪のこと、嫌いなんですか？」

三窪、という名前を耳にしたとたん、彼と目を合わせられなくなってしまった。お願いだから、今は恭介の話はやめてほしい。

私は沈黙することで、自分を守った。

「答えなくていいです。でも、これだけは言わせてください」

酔っぱらっているのだろうか。ひとりでペラペラと話し出す。

「三窪は、諦めませんよ。邑子さんのこと本気なんです」

本気と言われても、私には無理だ。彼を好きになんてなれない。なってはいけない。

三谷は真剣に私に語り続ける。一体、なんなんだ、この人は。

「だから付き合ってやってください、とは言いません。でも、もう少し心を開いてあげてもいいんじゃないですか？　人見知りだからって、そんなふうにしていたら誰もあなたがわからないですよ」

恭介とは、これ以上仲良くなれない。私は恋なんてできないし、恭介とは絶対にありえない。三十路女と大学生の恋なんて、そんな安っぽい小説、誰も読まない。

「邑子さんを知りたいと思ってるんです。あいつ、いい奴ですよ」

いい人だってことは、よくわかっている。十分ってほどに知っている。だからこそ、今辛いのだ。

「だから俺も、諦めません。……あ、邑子さんじゃなくて、別の人ですからね」

確か元日に、野良神社で杏子と一緒にいるのを見かけた。彼の言う諦めないとは、杏子のことだろうか。

三谷は去り際に、チョコを一粒私に手渡し、歩いていった。

包み紙を破いて、口に放り込む。甘い。甘さが冷え切った身体に染みる。そういえば、もしかしてこれが初めてもらったバレンタインチョコかもしれない。

私は必死に恭介以外のことを考えた。なんでもいい。なんだっていい。そうでもしないと、私の頭の中は、恭介でいっぱいになってしまいそうだった。


あれから恭介から連絡はない。あんなふうに振ったのだから、当然と言えば当然だろう。だけど、私はここ数日、毎日スマホチェックをしてしまう。

恭介は毎日だいたい同じ時間帯に、メッセージをくれた。特に大した内容ではない。挨拶程度の内容だ。でもそれを読むのが、いつの間にか日課になっていた。メッセージをくれるようになってから、もう半年ほどになる。時々書く内容に迷って返信をしないときもあったが、最近は少しだけ返していた。

恭介、どうしているんだろう。相変わらず、勉強とバイトばかりの日々だろうか。

私は怖くて、恭介と三谷のバイト先には顔を出せずにいた。恭介に会ったらどんな顔をしていいのかもわからない。あの三谷に対してもそうだ。

恭介はなぜ、私なんかを好きになってくれたのだろうか。会話らしい会話なんて、していない。話の中心はいつも本のことばかりで、お互いについてもあまり話さない。私だって、恭介のなにを知っているというのだ。なんにも知らない。

そんな私の、どこを気に入ったというのだろう。顔？　恭介という人間が、外見だけでずっと片想いなんてするだろうか。だけど、これといって胸を張って言える中身が私にはない。ますます、わからない。

きっと、私に幻想を抱いているのだろう。年上の女だし、ずっと大人な私を想像しているのかもしれない。だったら、やっぱり間違いだ。私はちっとも大人じゃない。新たに年を取り、もうすぐ三十歳だ。でも中身は全然成長していない。二十歳の頃となにも変わらない。もしかしたら、恭介の方がずっと大人なんじゃないだろうか。しっかりした未来を持っていて、真面目に勉強して、働いている。

私が大学を選んだ理由も、仕事を選んだ理由も、みんな元カレのためだった。あの頃、もっと自分自身に向き合ってたら、別の人生を歩んでいただろうか。どんなに後悔したって、元には戻れないけれど。

こんなとき、人はどうやって過ごすのだろう。友達と呼べる人がいない私に、今の気持ちを吐き出す場所なんてなかった。ただ、水槽の中でパクパク口を動かす金魚たちしか、私の話を聞いてくれない。

読みかけの本もそのままだ。もう、新作の話をしてくれる人もいない。恭介はそういう意味で、私にとっては貴重な人間だった。

いつかのあの日。私が鈴木先輩に恋をしたとき、どんなふうに恋に落ちたんだっけ。全然思い出せない。どうしてあんな人に、恋なんてしたのだろう。

今の私なら、あのときの鈴木先輩に恋なんてしない。カッコよかったから？　人気があったから？　一体なににときめいていたのだろう。

ベッドに寝転んで、天井を見上げる。高校時代の自分が、わからなかった。どうしてあんなにも簡単に恋をしていたんだろう。どうしてあんなにも夢中になっていたんだろう。いつか一緒になれるって、どうして本気で思えたんだろう。

ダメだ。考えても考えても、疑問しか浮かばない。

外を見ると、もう暗くなっていた。一日中、部屋に閉じこもって考え事をしていたのか。私の休日が終わってしまった。

明かりもつけない部屋は真っ暗で、窓の外に見えるアパートや家の窓から光が漏れていた。私はここにいて、ここにいないみたいだ。部屋の中は、空っぽの抜け殻に見えた。

電気をつけようと立ち上がると、スマホが光っていた。メッセージがある。恭介からだ。

「最近入荷した本、面白いのがいくつかありますよ。よかったら、店に来てくださいね」

恭介のように私なんかを全力で想ってくれる人が、今後の人生であと何人現れるだろう。私みたいなろくでもない人間に、一度どころか二度も振られて、それでもまだぶつかってきてくれる人が、あと何人いるだろう。

私はもしかして、もうずっと前から恭介が好きだったのかもしれない。プロポーズされたけれど断り、相手の男性が去ったあとシャンパングラスを眺めていて恭介の顔が浮かんだのも、心が恭介を求めていたのかもしれない。突き放しても突き放しても、追いかけてくる。私みたいな退屈な女に。無口で愛想のない女なのに。だけどこれは、いつまでも続かない。恭介だって、いつかこのままでは私から離れていくだろう。それが一番いいと思っていた。

人の想いは時に一方通行で、時々通じ合うこともある。でもそれは、神様の気まぐれと言ってもいいほど奇跡的なもので、誰にでも起こる話ではない。私がかつて恋をした人と両想いになれたのも、そうだ。どれだけ好きでも、死ぬほど好きでも、想いは届かないことだってある。どう頑張ったって、無理だっていうときも。

いくら相手が優しくていい人だったとしても、恋はしようと思ってできるようなものではない。だから私は、プロポーズを断った。あの人に、恋なんてしていなかったからだ。

ここは現実で、人魚姫はいないし、王子様はごく一部の限られた人としか恋に落ちない。魔法はないし、ガラスの靴もない。七人のこびとたちもいない。

だが、諦めるか諦めないかは自分次第だ。恭介を見ていたらわかる。元日に、恭介が言った「自分の運勢は自分で決める」という言葉もそうだ。諦めなければどんな願いだって叶う、とは限らないが、なにかは変わるかもしれない。たとえば私のように、恋を諦めた女にもなにか届くかもしれない。すべて、恭介が教えてくれた。諦めない。諦めなければなにかが変わる、と。小さな変化かもしれないが、変わることはできるのだ、と。

私はスマホを耳に当てた。まだ、自分がなにをしたいのかわかっていないが、とにかく電話をかけたい人がいる。私の本当の気持ちを、伝えたい。

「もしもし?」

杏子の声だ。

「あの……うまく言えないんだけど」

「……なにが?」

しばらく、考える。言葉がうまく出てこない。喉で引っかかる。

「私、考えたの。恭介くんみたいな人が、この先の人生であと何人現れるだろうかって」

「……それで?」

「たぶん、いないと思う。そんな人」

「だから？　恭介くんがいい人だから、付き合うって言いたいの？」

「違う。そうじゃなくって……」

うまく、言えない。恭介は確かにいい人だ。だけど、それが理由じゃない。いつだって私を見てくれていた。私を気にかけてくれて、何度も想いを伝えてくれた。一緒にいると、楽しかった。だから余計に、怖くなった。なにかが、始まってしまうことが。素直に自分の気持ちと向き合うことが。

「恭介は、お姉ちゃんにはもったいない。恭介はいつだって本気だけど、お姉ちゃんは恋になんて興味がないでしょ。受け止める気もなかったじゃん」

そうだ。杏子の言う通りだ。最初は揶揄われているのかと思ったし、本気じゃないとも思っていた。でも、今は違う。ようやく、私も気づいた。自分自身の気持ちにも、ようやく向き合えるような気がする。今さらもう遅いのかもしれないけれど。

「お姉ちゃんはいっつも逃げてる。恭介がどんな人か、本当にわかってるの？」

恭介がどんな人なのか、私はまだ全然知らない。だから、これから知っていきたい。もっとちゃんと、自分の言葉で話がしたい。恋人にならなくたっていい。話がしたい。

――もし、恋心を預けて、返してほしくなったときは、猫神様にまたお願いをするのよ。そうしたら猫神様が恋心を返してくれるわ。

そうだ。思い出した。あのとき野良神社で出会ったおばあちゃんが言っていた言葉が、ポンと頭の中に出てきた。

「恭介がどんな人か知ろうとしなかったお姉ちゃんに、恭介を好きになる資格なんてないよ」

「……うん。そうかもしれない。でも、もう遅いかもしれないけど、やり直したいの。初めから、やり直したい」

杏子の言葉が止んだ。長い沈黙に、耳が痛くなる。

杏子とこんなふうに話すのは初めてだった。いつも誰にでも自分について話さない。話したって、どうしようもない。誰も私を知りたいとなんて思わない、そう思っていた。だから私は話さないし、他人にも興味がなかった。知る必要なんてないと思っていた。

「三谷くんってさ」

「……三谷？」

「うん。三谷くん、いい人だよね」

「なに、突然」

「この前ばったり会ったんだ。それで、人の気持ちを差し出されたら必ず受け取らなきゃいけない決まりはないけど、もう少し心を開いた方がいいって言われたんだよね」

杏子はなにも答えなかった。だからそのまま続けた。

「恋って、難しいね」

「お姉ちゃんに、恋なんてわからないでしょ」

そうだね、と私はひとり虚しく笑った。

「三谷くん、諦めないって、言ってた」

「諦めない？　なんのこと？」

「諦めたくない人がいるんだって」

人の気持ちは、難しい。受け取ってあげたくても、受け取れないときがある。受け取ってもらいたくても、受け取ってもらえないときがある。誰かを想うって、難しいけれど、すごく素敵だ。バカみたいに傷ついても、バカみたいに辛い目に遭っても。人はやっぱり、何度だって恋をするんだ。

「私、行くところがあるから」

「え？　今から？」

「うん、またあとで電話する」

電話を切って、部屋を出た。パジャマみたいな格好で、上に暖かいものを羽織っただけ。

行く場所は、決まっている。——野良神社だ。

外に出ると、ふっと吐いた息が白い。きょうも寒い。いつ、春はやってくるのだろう。空は厚い雲に覆われていて、星はひとつも見えない。

最初は歩いていたけれど、野良神社に近づくにつれ、だんだん歩くスピードが速くなる。吐く息を見つめていると、恋に破れた日を思い出した。

猫神様が本当にいるとは思っていないけれど、確かあの日、白い猫に会った。あの猫が、猫神様だったりして。そんなはず、ないか。

私はあの日恋心を捨てた。恋が苦しくて、辛くて。失恋の痛みに耐えられなかった。だけど、今なら耐えられる。きっと、大丈夫。もう一度恋ができたなら、私は強くなれる気がした。

走って走って、白い息で視界がぼやけた。

ふと、眩しい明かりが目の前に現れる。

バイクだ、と思うと同時にバイクが私に突っ込んできた。

びっくりするくらい遠くに、身体が飛んでいった。ゆっくりゆっくり景色が流れていく。空でも飛んでいるみたいだ。

「だ、大丈夫かっ⁉」

地面に横たわったまま、神社を見る。もうあと少しで、野良神社だったのに。

痛い、と思う暇もなかった。ただ、空から白いものが降ってきて私の瞼に落ちた。

視界がどんどん狭くなる。


――あれは、雪だ。


真っ暗闇の中。私は当てもなく、ただ歩いていた。ぺた、ぺた、と歩くたび足音がする。裸足だ。私は裸足で、歩いている。

なんにもない。ただ、ずっとどこまでも広がる暗闇。光は一筋もない。右も左も前も後ろも、わからない。なにも見えなかった。

ここは、どこだろう。確か私は、どこかに向かっていたはず。なにかを探していた気がする。

いつの間にか、どこへ向かうのか、向かう理由はなにかもわからなくなってしまった。私はなにをしていたんだろう。なにを探していたんだろう。

「誰か、いませんか？」

勇気を持って声を出す。山のてっぺんで叫んだみたいに、自分の声だけがこだまする。ここはどこなんだろう。

地面が少し冷たい。濡れているみたいだ。

私はただ前だと思う方へと歩いた。ぼんやりと、前方に明かりが見えてくる。

暗いのはもう嫌だ。寒いし、凍えそうだ。気持ちも沈む。怖い。

光の方へ、私は走った。早く光に当たりたい。温かい光に包まれたい。

光は近いと思ったけれど、意外と遠かった。走っても走っても、光にたどり着けない。おかしい。もう目の前に見えているのに。

「そっちに行っちゃダメ」

誰かに肩を掴まれたような気がした。

「あなたはまだ、そっちへ行ってはダメよ」

私は足を止めて、振り返る。

「そっちじゃない、下だ」

足元を見ると、白くて小さな毛糸玉みたいな猫がいた。

「……猫？」

さっき肩を掴まれたときの声とは違う。でも、周囲にはこの猫以外誰もいないようだった。

「猫なんて単純に呼ぶな。オレは猫神様だ」

「猫……神様？」

猫神様。神様が、私になんの用だろう。

「ここは、どこでしょうか」

「さぁ、どこだろうな」

猫は妖しく笑っているように見えた。

「お前は、バイクにはねられて眠っている。光の方へ行ってもいいが、もしかしたらそっちにはお前が探しているものはないかもしれないぞ」

目を細め、髭をひくひく動かしている。

私が探しているもの？　どうしてそれを知っているのだろう。

「暗いところは、暗いだけじゃないかもしれない。明るい場所は、明るいだけじゃないかもしれない。元来た道を戻ったら、なにかあるかもしれないぞ」

「なにを言っているのか、全然わからないんですが……」

私は光がほしい。温かさがほしい。寒い。寒くて死んでしまいそうだ。

「お前が決めろ。どっちへ行きたいか。どうしたいのか」

わからない。どっちへ行けばいいのか。

なにか、大切なものを探していた気がするのに思い出せない。なぜだろう。ようやく見つけたものだった気がする。でもそれは、なんだろう。

「私……なにを探していたんでしょうか」

「大切なものは、忘れたりしねぇよ。思い出せないだけで。すぐに思い出すさ。そんで、早くオレに会いに来い。恋心返してやるから」

「恋心……」

猫神様は尻尾を立てて、私が歩いてきた道を戻っていった。白い猫神様の姿は、暗闇でもよく見えた。光っているようにも見える。

私はそれに続いて歩いた。私も、そっちへ行きたい。猫神様と同じ方へ。

猫神様は丸い光の玉になって、ふわふわと漂っている。私はそれと戯れるように、前へ前へ進んだ。

どんどんと視界は暗くなっていく。でもなぜか、身体は温かくなってきた。光の玉に手を伸ばすと、それはすっと私の中へ入ってくる。とたんに、身体が重い。鉛でも背負っているみたいだ。

そして、急に目の前が明るくなる。長いトンネルを抜けたときみたいに、眩しくて目が開けられない。

「池谷さん、ここがどこかわかりますか？」

目覚めると、私は病院のベッドにいた。医者や看護師、そして父と母、杏子が私を取り囲んでいる。

声を出そうとするも、全身がひどく痛む。うまく声が出せなかった。

「よかった……よかった」

母が涙をこぼしながら、私の手を握っている。

意識が戻ってから、精密検査をし、医師からの問診が何日も続いた。私は右足を骨折している。頭にも包帯が巻かれていて、鏡に映る自分を見るたび、惨めになる。痛々しい姿だ。

病室に母がやってきて、担当医の横井先生が深刻そうな表情で口を開いた。

「意識が戻って数日、精密検査をしてきました。骨折も単純骨折だったので、少し不便でしょうが、すぐに治ります。問題はありませんよ」

骨折は大したことはなさそうなのか。なんだ。

でも、横井先生の表情は変わらず真剣だった。他にもなにか問題があるのだろう。

「一番問題なのは、池谷さんの記憶に一部欠落があるということです」

「一部……欠落？」

母が首を傾げている。

「どこからどこまでか、正確にはわかりませんが、私が思うにおそらく一年から二年ほどの記憶が抜け落ちていると考えられます」

カルテを見ながら、先生も首を傾げている。

「脳の構造は非常に複雑です。池谷さんは事故時に強く頭を打ったことが原因で、記憶障害を起こしている可能性があります。ただ、これが一時的なものなのか、ずっと続くことなのかは私たちにはなんとも言えません」

「私の記憶……戻るんですよね？」

「先ほど申し上げた通り、脳の構造というのは複雑です。できれば、ここ数年の出来事についてご家族や友人の方と話していただくといいかもしれません。思い出すきっかけになるかもしれないです」

でもまずは、身体をしっかり休めて治しましょう。と横井先生は言った。

頭を強く打った衝撃や事故のショックで、一時的に記憶がなくなることもあるという。まさか、自分が記憶喪失（きおくそうしつ）になるなんて。そんなに簡単に、記憶を失うことができるのか。まるで小説みたいだ。

母は着替えをいくつか持ってきてくれた。

「あなたの金魚、うちで世話するから」

「金魚？　私、金魚飼ってるの？」

金魚なんて、子どもの頃に夏祭りの屋台で釣って飼っていた記憶しかない。なんで今、金魚なんて飼っているんだろう。

「何色の金魚？」

「赤、黒、赤白……えっと……」

「そんなに？」

大学の専門科目の講義で取り上げられた『生血』を思い出す。主人公が金魚をピンで刺して殺すシーンが頭に浮かんだ。

「職場には連絡しておいたから。仕事は心配しないで治療に専念してくださいって、部長さんが言ってたわよ。お見舞いの品までいただいてしまったわ」

母が大きな菓子折りの中身を確認している。なんだろう。クッキーとかかな。

「部長って、岡部（おかべ）部長？」

「ええ。ちょっと気取った感じの女の人ね」

よかった。私の記憶にある部長と同じ人らしい。

あら、クッキーがこんなにたくさん、と母は一枚取り出して口に入れた。

「ほしいもの、ある？」

「ほしいものねぇ……」

一体いつまで入院生活を送らなければならないのだろう。いつ退院できるんだろうか。

この数年の記憶が抜け落ちていたとしても、きっと私にはなんの支障もないだろう。

仕事と家の往復で、休みの日は読書ばかりだったはず。私の知っている私なら。

「本がほしいかな。てきとうに、家から数冊持ってきてくれる？」

「相変わらずねぇ」

母は笑って、私にクッキーを一枚手渡した。


入院生活は、やっぱり暇だった。足も不自由だし、どこへも行けない。記憶を取り戻すために、カウンセリングを受けてはいるが、今のところ成果はない。

そんなとき、杏子がお見舞いにやってきた。知らない男の人も一緒だ。杏子の彼氏だろうか。でも普通、姉のお見舞いに連れてこないだろう。

「お姉ちゃん、調子はどう？」

「相変わらず、することがなくて」

「この人、三窪恭介くん。あたしの友達なの。本屋さんでバイトしてて、読書好きなお姉ちゃんに、おすすめの新刊をいくつか持ってきてくれたんだよ」

「え……私に？」

なぜ、私なんかに。しかも、全然知らない人なのに。友達の姉だから？

三窪は大きな紙袋を差し出した。受け取ると、ずっしり重い。こんなにもたくさん。どうしてだろう。

「ジャンルもいろいろなんで、きっと楽しめると思います。ちょっと前に話題になった本も入れておきました」

「ちょっと前？　どんな本ですか？」

「『いとしく想う』って本で、恋愛小説です。去年の春くらいに話題になったんですよ」

恋愛小説か。最近はあんまり読まないジャンルだ。

紙袋の中から本を取り出し『いとしく想う』を開いた。……げ。なんだか、純愛ラブストーリーって感じだ。誰かが最後に死んじゃうようなやつ。

「……ありがとうございます」

「いいえ。またなにか、ほしい本とかあったら持ってくるんで！」

やたらグイグイ来る人だ。それに、さっきからじーっと見つめられている。お風呂に入れていないので、あんまりジロジロ見ないでほしい。髪も洗っていないからベタベタだ。

「あ、あのじゃあ俺はこれで。あんまりお邪魔しちゃうと、あれなんで」

「え？　もう帰るの？」

杏子が驚いている。杏子も帰るのだろうか。

「うん。お姉さんが疲れちゃうといけないから」

「そっか。じゃあ、またね」

さようなら、と三窪は部屋から出ていった。

「杏子は一緒に行かなくていいの？」

「ああ、うん。恭介くん、これからバイトみたいだし」

友達と言ったけれど、なぜだか杏子の態度はよそよそしく感じられた。なぜだろう。

「他にはなんの本が入ってるの？」

杏子が訊ねるので、私は残りの本を全部取り出した。

あれ。本以外にも入っている。小さな黒い布袋に入っているなにかは、少し重たい。袋をひっくり返すと、赤い金魚がついた指輪がコロンと手のひらに転がった。

「指輪？」

赤い金魚が優雅に空中を泳いでいる。そんな指輪だった。綺麗だ。

だけど、なぜだろう。ものすごく懐かしい。私は以前、これを見たことがあるのだろうか。でもなぜ、妹の友達がこれを持ってきたのか。さっぱりわからない。

「あ、れ……？」

涙が頬を伝っていた。びっくりして、手の甲(こう)で拭う。

「どうしたの？　なにか思い出したの？」

「……ううん。だけど、どうして杏子の友達は、この指輪を私に渡そうと思ったんだろうね」

私がそう言うと、「なんでだろうね」と杏子はちょっと不機嫌そうだった。

第六章　長谷川(はせがわ)公子が愛した人

「大丈夫ですか⁉」

誰かが私の手を握っている。柔らくて、優しい手だ。

温かい。なんて、温かい手なんだろう。

それに、懐かしい声。

「一一九番消防です。火事ですか？　救急ですか？」

「救急です！」

「向かう先の住所を教えてください」

緊迫した様子の声がなんとなく、ぼんやりと聞こえてきた。

薄っすらと目を開けてみると、夫がいる。私の手を握っているのは、夫だ。もうずいぶん前に亡くなったはずなのに。そうか、ついに迎えに来たんだ。

夫は羽織っていた上着を脱いで、私にかけた。

「呼吸はありますが、かなり苦しそうです！　たまたま通りかかっただけなので、詳しいことはわかりませんが、チアノーゼが出ています」

「チアノーゼ？　医療関係の方ですか？」

「いえ、福祉系大学の学生です」

「わかりました。ではこちらの指示に従って動いてもらえますか。今そちらへ救急隊員が向かっています」

夫は何度も何度も強く、私を呼ぶ。

「公子さん、救急車来ましたよ！　今から俺も一緒に乗りますからね！」

赤いランプが見えた。チカチカする。眩しい。

交際を始めた頃のように若々しい夫が、私を覗き込んでいた。ああ、やっぱり私の夫はイケメンだったのね。久しぶりにその愛しい顔が見られた。あの日、私が恋をしたときと同じ夫の顔――。

私はまたゆっくりと瞼を閉じた。そして、遠い日のことを思い出す。

夫が亡くなってからの数日は、とても辛すぎたせいなのか、うまく思い出せない。暑い夏の日で、蝉(せみ)の鳴く声と打ち上げ花火の音だけが耳に残っている。私は野良神社の賽銭箱の前に座って、空を見ていた。

そうだ。そこで出会ったんだ。しゃべる猫と。

「おい」

ぱっと目を開けると、そこは野良神社だった。

いつも野良神社にいる小さな白い子猫が私を見ている。可愛らしい見た目とは裏腹に、声は低く、しわがれていた。

「猫が……しゃべった……？」

夢でも見ているのか。あまりにも辛すぎて、幻覚が見えてしまったのだろうか。

「オレは猫じゃねぇ。猫神様だ」

猫神様。私は言葉をそのまま繰り返した。

「悲しいか？」

「悲しいって言葉で表現できないくらい」

そうだな、と猫神様も頷く。

「その願いは、本気か？　叶わないとわかってて、してるのか？」

死んだ夫を返してほしい、なんて無茶な願いをかけたから、猫神様に怒られるのかと思った。でも、怒ってはいないらしい。

「やっぱり、叶わないわよね」

もちろんわかっている。叶わない願いだと、ちゃんと理解している。だけど、どうしても諦められない。ついこの間まで手で触れられる距離にいた人と、もう二度と逢えないなんて。

「今さら後悔なんてしたところで、なんの役にも立たないだろ」

「わかってる、わかってるの」

うんうん、と私は大きく頷いて、それからまた黙って夜空を見上げた。

どうしてこんなことになってしまったんだろう。私ひとりで、子どもたちとこれからどうやって過ごしていけばいいんだろう。悩んでいる暇なんてないのに、私はひとり足踏みをしていた。

「オレは諦めの悪い奴が好きだ」

「……え？」

「オレに恋心を預けろ。そうすれば、今の悲しみや苦しみが和らぐ。愛しい人が思い出になっていく」

恋心……？　本当に、そんなものを預けることができるのか。いや、猫神様がわざわざ話しかけてくださっているのだから、ありえない話ではないだろう。

「恋心なんて、預けられるものなの？」

「オレに預けてもいいと、心から思えたんならな」

夏の星々が輝く夜空。どこかで花火の音が聞こえた。

恋心なんて、夫がいない今、持っていてもなんの役にも立たない。必要のないものだ。

「じゃあ、お願いしようかな」

「いいのか、そんな簡単に決めて」

私の言葉に少し驚いているのか、耳をピンと立てて、目を大きく見開かせている。

青い瞳がきらりと輝いた。

「だってあなた、ずっと昔からここにいるでしょ？　付き合いは長いし。それに」

よいしょ、と立ち上がって、猫神様の方を見る。

「私を心配してくれたんでしょ？　だから、話しかけてくれたのよね？」

すると猫神様が目を細めて、笑ったように見えた。

「ただ、私が逝くときは、恋心を返してほしいの。また恋心を持って、あの人に逢う。そしてまた、恋したいから」

蛍のような光の玉が、ふわふわと漂う。そして猫神様の首輪についている鈴の中へ吸い込まれるように、消えていった。

「ああ、約束だ」

あの日の出来事をもう一度、体験しているみたいだった。不思議だ。夢を見ているのだろうか。

急にまた景色が変わった。そこは真っ暗で、ずっと遠くの方が明るく見えた。

「もう、逝くのか」

白い猫が光のように輝いて見える。猫神様だ。

「逝くのなら、返してやるよ。そういう約束だったよな」

恋心は目には見えないし、重さなんてないのかもしれない。だけど、それを猫神様に預けて以来、心がスッと軽くなった。恋心なんて、夫がいない世界では必要ない。でも、私がこの世を去る日が来たら、また恋心を持ってあの人に会いに行く。もう一度、あの人に恋したいから。

「ありがとう。向こうで夫を捜すわ。きっと、待っているはずだから」

「いつまでもラブラブなこった」

猫神様の首輪についている鈴が、リンと揺れた。

「私、みんなにお礼を言わなくちゃ。ありがとうって」

「そんなもん、みんなもうわかってる。心配いらねぇ。安心して夫のところへ行け。走っていけよ」

そう言った猫神様は、なんだか少しだけ寂しそうに見えた。

幼い頃からずっとあの神社にいた白い猫。おばあちゃんが言っていたっけ。この野良神社は猫神様が棲まう神社なのよって。私がいなくなってしまったら、猫神様は寂しい思いをするだろうか。

「ありがとう。わかった、走っていく」

私は走った。光とは反対の方へ。

「おい！　そっちじゃねえぞ！」

「ごめんなさい！　ちょっと忘れ物したの！」

光とは反対の方へ向かうも、すぐに走れなくなった。一歩、また一歩進むたび、足が重たくなる。まるで足に重りでもつけているみたいだ。私は足を引きずるように歩いた。

息も苦しくなってくる。でも。ここで諦めたら最後。もう元には戻れない。

「公子さん、もうすぐ病院に着きますよ！　聞こえますか？」

目を開けると、夫に似た男の子が私の手を握って話しかけていた。夫に似ているが、そうだ、彼は全くの別人だ。でも猫神様は、自分を撫でることを許していた。

「お願い……」

「どうしました？」

声を出したいのに、うまく話せなかった。

彼は私の顔に耳を近づける。

「お願い……猫神様を……」

「猫神様……？」

「猫神様を……ひとりにしないで……」

神社にひとり、ぽつんと座る猫神様の姿が頭によぎる。あんなにも人を想ってくれほしくない。

る神様は他にいない。だから、どうしてもひとりにはしたくない。寂しい思いはして

「猫神様を……よろしくお願い……します……」

最後の一言にすべての力を注ぎ込んだ。どうか伝わってほしい。彼ならきっと、猫

神様を大切にしてくれるはず。あとはもう、願うしかなかった。

再び目の前に広がる暗闇。

先ほどまでは遠く見えた光が、近いような気がした。

「走っていくよ、猫神様」

私は走って光の方へ急いだ。

走れば走るほど、身体が軽くなっていく。風に乗って飛んでいくようだった。

ふと、すぐ目の前に若い女の子がいる。綺麗な長い黒髪が、光に照らされてまるで

天の川のように煌めいて見えた。

「そっちに行っちゃダメ」

私は彼女の肩を叩いた。

「あなたはまだ、そっちへ行ってはダメよ」

ふわり、と身体が浮かぶ。なにもかもが軽くなって、私は光の方へ飛んでいった。

暖かい。まるで母の腕に抱かれているようだ。

ふと下を見ると、みんなが見えた。

娘の恵美も彰子も息子の隆司も。八人の孫たちも。みんなが私を見上げて、手を振っている。猫神様も見える。


ありがとう。

ありがとう、みんな。

私の人生、良い人生だった。

第七章　猫神様と恋心

きのうの夜、鈴からひとつ恋心が抜けていった。

公子が逝った。きっと今頃、夫に会っているだろう。ずっと、会いたがっていたし、別れてから今まで、積もりに積もった話があるだろう。

人間っていう生き物は、弱い。柔らかい皮膚と、頭皮に生えた髪の毛。爪は鋭くないし、役にも立たない。なのに、一丁前に誰かを守ろうとする。公子も、恭介も。ほんと、バカだ。

「本当に、ありがとうございました」

恭介は、公子の長女である恵美からお礼を言われていた。公子が倒れているのを発見したのはオレなのに。オレに感謝してくれよ。

いつも通り、公子が猫にエサをやり、神社のゴミを集めていたとき、突然胸を押さえて苦しみ出し、倒れた。こういうとき、猫っていうのはなんにもできない。神様だけど、病気を治すことはできないし、寿命を延ばすこともできないし、猫の手じゃ救急車だって呼べない。猫の手も借りたいと言った奴は誰だ。なんの役にも立たないぞ。

だから、恭介に助けを求めた。恭介は、邑子が運ばれた病院の前をずっとうろついていた。家族でも恋人でもないから、病室には入れない。

公子が倒れたと知らせると、恭介はすぐに救急車を呼び、公子に付き添ってくれた。恭介が大学で学んだ救命救急の知識が役立ったらしい。

たまたま運ばれた先の病院は、邑子が入院しているところだった。

「あの、こんなことを言うのはあれなんですが……」

恵美は一枚の写真を恭介に渡した。なんだろう。

「父と母の若い頃なんですが、三窪さんがちょっと父に似ていて」

恭介は写真を見ながら「ほんとだ、俺だ」と間抜けな声を出していた。

恵美や彰子や隆司の顔を久しぶりに見た。孫たちも、オレが覚えている姿よりずっと大きくなっている。本当に人の人生は短い。

　邑子が入院して数日が経った。杏子から邑子の状態について聞いたようで、恭介は最近ずっとふさぎ込んでいた。振られたときとは比べものにならない落ち込み方だった。邑子が恭介と知り合う前の記憶しか持っていないなんて、神様もずいぶんひどいことをするもんだ。

　……って、オレが神様か。

　恭介は、きょうも邑子が入院している病院の周辺をうろついている。やがて恭介は、寂れた公園のベンチに座った。二月の終わり。こんな寒い季節に外のベンチに座る人なんていない。ぽつん、と座っている様子がまた寂しげでかわいそうに見えた。

　オレも恭介の隣に座って、分厚い雲が広がる空を見上げた。雪でも降りそうだ。

「なに、落ち込んでんだよ。お前が暗いと気持ち悪いだろ」

　でも、恭介はぼんやりしている。

「なにかあったのか？」

「……邑子さん、記憶喪失になっちゃったみたいで」

「だから、どうした」

「記憶喪失っていうのは、記憶がなくなって……」

「言葉の意味は知ってる。バカにすんな」

恭介は眉間に皺を寄せ「じゃあ、なんですか？」と訊ねる。本当に、間抜けな奴だ。

「一時的に記憶を失くしただけだろ？　確かに、いろいろ忘れてるみたいだったけど」

「え？　邑子さんに会ったんですか？」

「まぁな。夢の中で」

「……どういうことですか、それ」

恭介が冷ややかな目でオレを見る。

「なんだ、その目は」

邑子をあっちの世界から現実に引き戻したのは、オレなのに。全く。もう少しであっちの住人になっちまうところだったのに。記憶がちょっとなくなったからって、なんだ。

「じゃ、記憶喪失になったから邑子を諦めるのか？　忘れたんだから、ゼロから再スタートできるだろ。お前がこれまでやってきた数々の失敗をなかったことにできるんだから、ラッキーじゃないか」

オレの言葉に「はぁ」と大きなため息をつきやがった。ため息つくと幸せが逃げるぞ、と言うと恭介はわざと大きく息を吸い込んで、言う。

「俺……今回ばっかりはもう、無理なのかなって思ってて」

いつになく弱々しい。大切な人の記憶から自分が消えたことが辛いのだろう。恭介の気持ちはわからないでもない。

「どうして人は願うんでしょうか。叶わないかもしれないのに」

恭介はいつもより真面目くさった表情で、ぽつりとひとりごとのようにつぶやいた。

「願いは必ず叶うとは言えない。おとぎ話のようにめでたしめでたし、っていう結末も現実では滅多にない。でも、諦めたら最後。願いは絶対に叶わないぞ」

「そんなことは、わかってますけど……」

「諦めないからといって、願いは必ず叶うとも言えない。たとえ、お前が邑子を必死に追いかけ、一生想い続けたとしても、その想いが結局届かないこともある」

恭介は「俺、励まされてるんでしょうか？」と首を傾げている。

「大抵の人間はな、一度失敗すると怖がって再挑戦を諦めるんだ」

大抵の人間は、すぐに簡単に諦めてしまう。正直、願いなんて持たない方が楽だ。限界に挑戦する必要もないし、頑張る必要もない。

でも諦めてしまえば、願いが叶う可能性はゼロだ。限りなくゼロに近い、ではない。全くその可能性がなくなってしまう。

「夢を叶えることと、恋を叶えることは同じじゃねぇが、どちらにも言えるのは諦めたら終わりってことだ。相手に自分の気持ちを伝えるのを諦める。夢を諦める。愛することを諦める。自分が諦めることに納得できるなら、とっとと諦めろ。でも、納得できないなら諦めるなんて簡単に言うんじゃない」

恭介はオレの顔をじぃっと、食い入るように見つめている。そんなことを言われるなんて、思ってもいなかった、という顔をしている。

「……俺、最初は猫神様に全部叶えてもらおうって思ってました。まさか本当に神様がいる……いらっしゃるとは思いませんでしたけど、叶うなら全部叶えてもらっちゃおうって、心のどこかで思っていたんです」

だろうな。恭介が初めて神社に願掛けしに来たとき、ただ「お願い」だけを念仏でも唱えるみたいに何度も繰り返していた。

「願いは全部叶わない。ランプをこすって出てきた魔神も、三つまでしか叶えてくれねぇしな」

恭介はふっとため息でもつくような、悲しげな笑みを浮かべた。

「突然なにかが現れて『願いを叶えてやる』って言われたとしても、それで叶えてもらった願いは虚しいだけだ。その先は、もしかしたら不幸かもしれない。願いはな、叶ったあと大切に育てられるかどうかが肝心なんだ。オレがお前たちを恋人にしたって、その先は自分たちでどうにかしなきゃならない。ただ叶えられただけの願いは、すぐに壊れる」

ははっと、恭介は残念そうに笑った。オレをランプの精かなにかだと思っていたんだろうか。都合がいい奴だ。

「願いが叶わなかったとしても、必ずなにかを手にしているはずだ。ただ、手にするものが良いものとは限らない。でもそれは、叶えようとしたから手に入れられたものだ。願いを叶えようとするってことは、そういうことだ。良いものだけを手に入れられるのが人生じゃねぇ。理不尽だと思うかもしれない。他人だけが、幸運を掴んでいるように見えるかもしれない。だけど、どう思うかは自分で決められる。幸か、不幸か。願いは叶うか、叶わないか。それが、大きな違いだ」

恭介は、邑子の気持ちの変化を知らない。恋心を捨て、永遠に戻らないつもりだった邑子の気持ちの変化を。物語の先は、オレには見えている。ここで諦めてもらっちゃ、つまらない。

「ひとつ、訊きたいんですが」

「なんだ？」

「どうして、他の誰でもない俺なんかを選んでくださったんですか？」

「選ぶって？」

オレは別に、恭介の願いを叶えるためになにか特別にしたことなんてない。願いなんて本当なら簡単に叶えられるが、恭介の願いは叶えてやっていない。

「その、こうやって話しかけてくださったりして……」

なんだ、そんな簡単なことか。

オレは恭介を見てにぃっと笑った。笑うオレを見て「猫も笑うんですね」なんて、のんきなことを言う。

「お前が、諦めの悪い男だからだ」

オレの言葉に、今度は恭介がにたぁっとした気味の悪い笑顔を見せた。

「お前言ったよな、初めて会った日に。邑子じゃなきゃ、ダメなんだろ？」

他の誰でもない、ただひとり、邑子さんだけ。恭介はそう言った。

恭介は立ち上がり、腕を空に大きく伸ばした。恭介の頭上だけ、分厚い雲が割れ青い空が顔を出す。

勝負はまだ、終わっていないようだ。


後日、恭介は杏子と一緒に邑子のお見舞いへ行くと言った。恭介は、病院に持っていく本を数冊用意していた。丁寧に、その一冊一冊に読みたくなるような一言を添えた紙を挟んでいた。

恭介は急にバイトの時間を少し増やした。どうやら、なにかほしいものがあるらしい。帰ってすぐ勉強して、隙間時間に本の準備をする。ここ数日、睡眠時間も少ない。オレが寝ている間もずっと、ひとり黙々と作業している。本当にまめな奴だ。一直線に真面目すぎて、見ているだけのこっちまで、なんだか疲れてしまう。まぁ、そういうところが恭介のいいところだろう。

邑子が目覚めて初めて会う日だからか、オレも気になって病院まで来た。

病院の外にあるベンチに座り、道行く人たちをただ眺めた。病院に通う人もいれば、お見舞いに来た奴もいる。老人だけじゃない。若い人もいる。人の死は平等に訪れるが、年の順には訪れない。若くしてこの世を去る人間もいる。

願い事の詳細を聞き、あくびをひとつしてから右耳の後ろを掻く。たったこれだけで叶えられるが、恋の願い以外には効果はない。

なんの役にも立たねぇ神様だな、オレは。

「あ、猫ちゃんだ」

小さい子どもがオレに駆け寄る。小さな手でくすぐるようにオレを撫で回した。

撫でられるのは嫌いだ。こんな小さな手。公子のあの優しくて温かい手が懐かしい。

撫でられてもいいのは、公子だけだった。そんな公子も、もういない。

シャーッと一度威嚇すると、子どもはびっくりして手を引っ込め走って逃げた。

ふん、子どもなんて単純な生き物だ。

「あれ、猫神様」

恭介が病院から出てきた。すぐにオレを見つけると、隣に座る。

「どうしてこんなところに？」

「お前のことが気になってな。邑子、どうだった？」

「俺のことなんて初めて見ましたって顔してましたよ。忘れちゃったんですね、本当に」

落ち込んでいるのかと思いきや、久々に邑子さんに会えたのが嬉しかったのか、顔が綻んでいる。

「それで？」

「本、渡してきました。どうして私にくれるんだろうって不思議そうでしたけど。邑子さん、本好きなんで、きっと喜んでくれたと思います」

「本は返却されてもなぁ。バレンタインのチョコはうまかったけど」

邑子に渡そうとしたけれど受け取ってもらえなかったバレンタインデーのチョコは、オレの胃袋に収まった。酒入りで、なかなかの美味だった。人間ばっかりうまいものを食べてないで、神様にもちゃんとしたものをお供えしてもらいたい。ねこまんまはいらない。

「あのチョコは、高級品でしたからね」

本当は邑子に食べてもらいたかっただろうけど、あの日の恭介はオレがチョコを食べても怒らなかった。むしろ、食べられたことにも気づかないほど落ち込んでいた。

「愛の告白はしなかったのか？」

「今は記憶がなくて、俺のこともわからないんですよ。そんな無茶なことはしませんよ。邑子さんの命が助かっただけでも、万歳(ばんざい)です」

　ふぅん、とオレは鼻で笑う。

「てっきり、愛の力で記憶を呼び覚ます！　くらいのことを言うかと思っていたけどな」

「猫神様、前に俺に言いましたよね。とことん邑子さんに向かっていけ、と。俺、今まで全力で邑子さんに気持ちをぶつけて向かっていっていたと思うんです。だけど、気持ちを伝えるだけが、邑子さんにとことん向き合うという意味にはならないかと」

「ほぅ」

　なんだ、急にえらく大人になったな、と思ったものの、声にはしなかった。

「それに、俺、まだ邑子さんから聞いてないんです。邑子さんが恋心を猫神様に預けた理由を。俺なんかには教えてくれないかもしれないんですけど、辛く悲しい恋をしたから、猫神様に預けたわけですよね？」

「まあ、そうだろうな」

「それならなおさら、俺は邑子さんの気持ちを考えているようで考えていなかったんです。たとえて言うなら、ゴールに向かう途中、邑子さんは落とし物をしてそれを必死に捜しているのに、俺はとにかく早くゴールしようと躍起になって、邑子さんの手を引っ張っていたような感じですね。俺がするべきだったのは早くゴールすることじゃなくて、隣にいて一緒に捜してあげることだったんです」

「それは非常にわかりやすい」

オレも妙に納得できた。

「落とし物を捜したいのに強引に手を引っ張られては、確かに邑子は困るだろうな」

「だから、今はとにかく邑子さんが回復することを一番に考えて、俺は邑子さんの足並みに合わせます。今までみたいに、毎日一ミリも前進しなくても、もう、焦りません。俺の気持ちは、変わりませんから」

今の恭介は、あの日賽銭箱の前で泣き崩れていた恭介とは、別人だった。

病院の入り口に、パジャマ姿で松葉杖をついて歩く邑子が見えた。あたりをきょろきょろ見回して、誰かを探しているようだ。

ずいぶん派手にはねられたんだな。かわいそうに。

「おい、来たぞ」

恭介はぼーっと空を見上げて、考え事をしているようだった。

「誰が？」

「……あの、すみません」

きょとんとしている恭介に、邑子が声をかけた。邑子の声に、恭介の身体が硬直するのがわかる。情けない男だ。

「ゆ、邑子さんっ。寝てなくていいんですか？」

思わず立ち上がる恭介。

「ただの骨折ですし、寝てばかりで逆に疲れました」

邑子はぶるっと身震いした。さすがに薄手のパジャマでは寒いだろう。

「寒いですよ、そんな格好じゃ。風邪ひいたら大変ですし。もう中に入った方が……」

恭介は自分の上着を脱いで、邑子の肩にかける。

「ありがとう……」

「いえ、とんでもないです」

「いや、上着もなんですけど……その、本とか、指輪も……」

「あっ、ああ、あの指輪……」

本以外にもなにか渡したのか。やるなぁ、恭介。最近バイトを増やしたのも、指輪を買うためか。

恭介は「あの、気に入らなかったら返してもらっても大丈夫です。ごめんなさい、突然あんなもの渡しちゃって、サイズはフリーサイズらしいんで……」とペラペラしゃべりだす。

「お気に入りになりました。ありがとうございます。大切にします」

それじゃあ、もう戻りますね。と邑子は上着を恭介に返し、すぐに中へ戻っていった。

ポカン、と大きく口を開けたまま恭介は邑子の後ろ姿を眺めている。

「おい」

声をかけても反応がない。どうした。

「おい！」

「あ……はい？」

「ぼーっとして、どうした」

「邑子さんが……笑ったんです」

そう言って、身体をぎゅーっと縮ませたかと思うとポップコーンのようにパーンと弾けた。嬉しそうだ。今までで一番だらしない顔をしている。本当に、単純な奴だ。

「上着を着ろ。お前が風邪ひくぞ」

「はい！」

恭介はそのまま空に浮かび上がりそうなくらい、嬉しそうにニヤニヤしている。

その横顔を見ていたら、今がどうやら頃合いだという気がした。

「あんまり浮かれるな。しっかりやれよ」

じゃあな、とオレはベンチから下りる。

「どこへ行くんですか？」

「猫は自由気ままさ。どこへでも行く」

「きょうの夜、どうします？」

なにが食べたいですか？　と恭介はいつものように訊ねた。

「恭介」

なんですか？　とのんきに訊き返す。

「お前とも、そろそろお別れだな」

恭介は、おもちゃを取り上げられた子どもみたいな顔をして、オレを見ている。

「なんだ、その顔は」

「お別れって、どういうことですか？」

「そりゃ、出会いがあれば別れもあるだろ。お前は、オレの力を借りなくたって自分で自分の願いを叶えられる。最初から、オレの役目なんてないのさ」

「そ、そんな！　まだ俺、邑子さんと付き合えてもいないですけど⁉」

「お前なら、大丈夫だ」

「そんな……」

恭介は後ろによろめく。かなりの衝撃だったらしい。現実を受け入れられないのか、恭介はオレを見つめて、立ちすくむ。

――にゃあ。

「……え？　猫神様？」

「にゃー」

猫のように鳴いて、さっと走る。背後から恭介が「猫神様！」と何度も呼ぶ声がした。でもオレは、立ち止まらなかった。

恭介は走ってオレを追いかけてきたが、猫の足の速さには敵わない。しばらくして振り返ると、恭介の姿はどこにもなかった。

公子の葬式から少し経って、子どもたちが入れ替わり立ち替わり公子の家を訪れていた。野良神社にも懐かしそうにやってきて、賽銭を入れていた。

公子の家はどうやら取り壊されるらしい。これもまた仕方のないことだ。時の流れは止められない。野良神社の周辺も、公子が幼かった頃とはすっかり景色が違う。

恭介は公子の代わりをするつもりなのか、学校やバイトの終わりに必ず毎日やってくる。猫用のエサとゴミ袋を持って。野良猫たちも、公子はいなくなったが、代わりにエサをくれる人がいるからなんら問題なさそうだった。そして、しぶとく毎日やってきてはオレに話しかけてきた。だが、オレはしれっと他の猫に紛れて何食わぬ顔をしてエサを食っていた。

桜の蕾がふっくらとしてきた頃。恭介は鼻歌を歌いながらゴミを拾っていた。なにかいいことがあったらしい。すぐにわかる。単純な奴だ。

「きょう、邑子さんが退院するんですよ」

そうか。それでこんなにもご機嫌なのか。

「病院だとなかなか会いに行けないですけど、退院すれば……」

恭介はオレを見て、なにか言葉を待っているようだった。

ちょっと恭介とは長くいすぎてしまったか。恭介といるとつい面白くて、楽しくて。恭介の家にも居ついてしまった。あんなふうに誰かと一緒に生活したのは初めてだった。案外、飼い猫もいいものかもしれないな。

「また夕方に来ますね」

きっと、オレがまた悪態をつくのを期待しているのだろう。

オレはなにも答えずに、尻尾を振って返事をした。

春は好きだ。暑くもないし寒くもない。日向ぼっこにはちょうどいい季節だ。蕾が花開くのはいつだろう。そう考えていると、たぶんあっという間に花が咲き、一瞬で見頃を過ぎてしまうものだ。

公子は今頃どうしてるのかな、なんていくら想像してもわからないことを考えながら、公子が作ってくれた座布団で昼寝をした。

足音が聞こえて、目が覚める。子どもたちのはしゃぐ声が響いていた。太陽は沈みかけていて、ずいぶん長い昼寝になってしまった。あくびをして伸びをする。

キャラメル色のコートを着て、松葉杖をついて歩く邑子が鳥居をくぐり、こちらを見ていた。目が合う。邑子は左手で松葉杖をついていて、右足にはギプスがはまっていた。退院できたらしいが、まだ完治はしていないらしい。

ゆっくりと歩いてきて、鞄の中からガサガサとなにかを取り出す。煮干しだった。

ああ、なんか懐かしいな。

オレは鼻をひくつかせながら、起き上がる。邑子は白い手のひらに煮干しを乗せて、オレに差し出した。

「あなたが助けてくれたのね」

煮干しを銜えたまま、邑子を見る。邑子は薄っすら微笑んで「ありがとう」と言った。

そうか。オレのこと、覚えていたのか。でも、どこまで思い出したのだろう。恭介のことは未だ思い出せず、なのだろうか。

「あれ、邑子さん……？」

のこのこやってきたのは、相変わらずの恭介だった。恭介が来ると、眠っていた猫たちが一斉に恭介の足元にすり寄っていく。恭介はそれをかき分けるように邑子の元へ急いで歩いた。

「邑子さん、きょう退院されたんですよね？　杏子ちゃんから聞きました。おめでとうございます！　だけど、そんな身体で大丈夫ですか？」

恭介は纏わりつく猫たちを撫でると、猫缶を開けた。

「ありがとうございます。ずっと病院で退屈だったので……。三窪さんは、ここでなにを？」

「猫たちにエサをやりに来たんです」

恭介が開けた缶詰にかぶりつく猫たち。

「……どうして？」

「この神社を大切にしていた方がいたんです。でも先月亡くなってしまって」

「そうなんですか。お知り合いだったんですか？」

「いえ、そこまで親しくもないんです」

恭介はいつものように真っすぐな笑顔で邑子を見て言う。

「だけど、俺も同じなんです。この神社が……猫神様が棲まうこの神社が、好きなんです」

「猫神様……」

猫たちが食べたあとの缶詰を片付け、朝にはなかったゴミを拾う。邑子は黙ってオレの隣に座った。そして、静かに恭介を見守っているように見えた。

「邑子さん、俺これからバイトがあるんですが、途中まで送りましょうか？」

「……え？」

「ちょっと暗くなってきたので、転ぶと大変ですから」

「いえ……大丈夫です。もう少し、ここにいたいので」

邑子はどこかぎこちない様子で断る。オレにはなにかあるように見えるが、恭介には伝わらないのだろうか。

恭介は「気をつけて帰ってくださいね」と一言声をかけると、ゴミ袋を持ったままバイト先へ向かっていった。

オレと邑子だけが残された黄昏時（たそがれどき）。邑子はオレを見て、小さなため息をつく。

「まだ私、覚悟ができてない」

ため息と一緒に口からこぼれた。

覚悟？　さて、なんのことか。オレは首を傾げる。

邑子は境内（けいだい）をぐるりと見回した。ゴミひとつ落ちていない、綺麗な野良神社だ。

「どうやって伝えたらいいのかな。記憶が戻ったこととか、私の気持ち……とか」

なあんだ。もう思い出しているのか。ということはなんだ、恭介だけが邑子の記憶が戻っていないと思っているのか。

「邑子さん……っ！」

再び鳥居をくぐって、恭介が息を切らしながら戻ってきた。邑子はびっくりしたのか、顔が真っ青だ。

「どうしたんですか……？」

「その……ひとつ、伝えるのを忘れてて……」

はあ、はあ、と息を整えて、恭介は笑う。

「すっごく面白い新刊、入ってきたんですよ！　きっと邑子さん、気にいると思って！」

そんなことを言うために、わざわざ戻ってきたのか。まあ、恭介らしいといえばそうなのかもしれない。

「ありがとうございます」

「すみません、ただ、それだけです！」

じゃあ！　とまた走り出そうとする恭介に、邑子は立ち上がる。

「あの……」

「はい？」

すぐに振り返る恭介。邑子の心臓の鼓動が聞こえてきそうだった。恭介を前にしてうまい言葉が見つからないのか、邑子はしばらく固まっている。

「大丈夫ですよ、邑子さん」

「……え？」

恭介が、なにを考えているのかわからないが邑子を励ました。

「記憶が戻らなくても、なにも心配することはないですよ。邑子さんを大切に思っている人は、その程度のことでは離れていかないし、邑子さんはゆっくり自分の身体を治して、楽しいことや好きなことをして、美味しいものを食べて、自分らしくいたらいいんです。そのうち、記憶が戻るかもしれませんし、あんまり深く考えないで」

それじゃあ、また！　と恭介は走り去っていく。邑子は呆然と、恭介の後ろ姿を見つめたままだった。

「私……恭介くんのことが、好き」


——リン。

風が吹く。オレの首輪の鈴が小さく微かに鳴って、邑子は深く深呼吸した。どうやら春は、近いらしい。

終章　桜舞う日の参拝者

三月の終わり。桜は満開を迎え、これでもかというくらい花びらを降らせている。あたり一面、桃色でいっぱいだ。

ひらひらと舞う花びらが、オレの上にも降り注ぐ。鼻の上に落ちてきた花びらを手で払った。

なんだか、いい日だ。暖かくて、このまま眠りたい気分。ころん、と賽銭箱の横で転がると、鳥居をくぐり、こちらへやってくる女が見えた。

なんだ、せっかく昼寝の気分だったのに。

女はオレの方をちらっと見て、何食わぬ顔で賽銭を入れた。鞄にはオレにそっくりな白い猫のキーホルダーがついている。手を合わせて、心の中で願いを言った。——どうか、恭介があたしに振り向いてくれますように、と。

「杏子」

追いかけるようにやってきたスーツ姿の男。杏子はやれやれ、とため息ついた。

「なんで隆弘がここに来るわけ？　ストーカー？」

杏子の問いには答えず、隆弘も賽銭を入れて手を合わせる。隆弘は、杏子が自分の気持ちに応えてくれることを願った。ふたりとも、叶うかどうかわからない恋の願いだった。

「猫のキーホルダー、見つかってよかったな」

隆弘は手を合わせたまま言った。

「……え？」

杏子はキーホルダーを握りしめる。

「大切なんだろ」

「まあ……」

「邑子さん、ちょっとここ、寄っていきたいんです。いいですか？」

恭介の元気のいい声が境内に響いた。それと同時に、賽銭箱の前にいたふたりの肩が大きくびくつく。

「え、恭介……⁉」

どうしよう！　と杏子は動揺して、鳥居の方を振り返る。隆弘は素早く杏子の腕を掴み、社の後ろへ身体をなるべく小さく丸めて、隠れた。

「私もちょうど、ここへ寄りたかったんです」

恭介は邑子と一緒に鳥居をくぐり、こちらへゆっくりと歩いてくる。

面白い展開だな。

すっかり眠気が飛んでいた。

これは見逃せない。しかと見なければ。

賽銭箱の上に跳び乗り、恭介に「にゃあ」と挨拶をしてやる。すると恭介は少しだけ寂しそうにして、でもすぐに笑顔になって、オレを撫でた。

「懐いてるんですね」

公子と違って撫で方はいまいち。だけど、安心できる手だ。

恭介は賽銭を入れると、手を合わせた。

お願いします、だけを何度も繰り返していた日が懐かしい。遠い昔のことのように思えるほど、恭介の表情はぐっと大人っぽく見えた。

邑子も松葉杖を持ったまま器用に手を合わせた。

そんな邑子の姿を盗み見ている恭介は、相変わらずだ。こんなにも美しい桜の木々も、恭介の目には留まらない。邑子だけが、恭介の目に輝いて見えるらしい。

「邑子さんが少しでも早く元気になりますように」

恭介はそう、静かに願った。

恭介が目を閉じている間、ちらりと隣で邑子が自分を盗み見ているなんて、恭介は知らないんだなと思うと、これまた楽しい。邑子がなにを願ったかも、オレしか知らない。おいしいポジションだ。

ふたりはお辞儀をして、お互いに顔を見合わせる。

「あ、あの……」

邑子が頬を桜色に染めながら、恭介を呼び止めた。

なんだなんだ、とオレもつい身体が前のめりになってしまう。

「はい？　どうしました？　あ、疲れちゃいましたか？　帰ります？」

恭介は本当に変わらない。ペラペラとしゃべり続ける。

「タクシー呼びましょうか？　すぐ呼んできますよ！」

「……いや、大丈夫です」

バカだ。今絶対なにか違うことを言おうとしたのに。そのうるさい口を閉じろ。

風が吹く。桜吹雪が神社の中を吹き抜けていった。

「わぁ……綺麗ですね」

そう言ったものの、やっぱり恭介の視線は邑子に釘付けだった。

「あの」

今度はふたり同時に声をあげる。

ははは、とふたりは眉を下げて同じ困り顔をしていた。

とことん間の悪いふたりだ。本当にうまくいくのか、ちょっと心配になってきた。

「お先にどうぞ」

「いえ、恭介くんが先に」

さっさと話を進めろ！

オレはイライラして、賽銭箱の上からふたりを睨む。尻尾がゆらゆらと揺れた。

「じゃあ……」

邑子は恥ずかしそうに髪を耳にかける。人差し指には、金魚の指輪がはまっていた。

「恭介くんがいつもお見舞いに来てくれて、いろんな本を持ってきてくれて、本当に嬉しかった。ありがとうございます」

「いや！　全然ですよ！　邑子さん本が大好きだって、杏子ちゃんから聞いてたし――」

その口を閉じろ！　とオレは恭介に飛びかかった。うわぁっ、と恭介はオレを抱きかかる。自然と静かになった。

「思い出したんです」

「……え？」

オレを抱きかかえる手に力が入る。

「事故で失くした記憶、全部。恭介くんと野良神社に初詣に行ったこととか、いつも面白い本を紹介してくれていたこととか……」

しばらく間を空けて、片手を胸元に置く。深く深呼吸してから邑子は続けた。

「二度も告白してくれたことも、プレゼントしてくれた指輪が私がほしいと思っていたものだったことも、全部」

恭介を見上げる。ぽかんとした表情で、この状況を理解できていないようだった。

しかし、間抜けな顔だな。

「私みたいな人間には、恋なんて縁がないものだと思っていました。誰も好きにならなければ、静かに何事もなく、傷ついたりすることもなく、裏切られることもなく、生きていけると思っていたんです。だけど、違いました。好きになる気持ちは、簡単に抑えられるものじゃないんだって」

それから邑子は恥ずかしそうにちらっと恭介を見た。

「……えっと……どういう、意味ですか……？」

理解が追い付いていかない恭介はバカな質問を返す。思わずため息をつきそうになった。

「恭介くんが好き……です」

なかなか言葉が通じない恭介に、邑子は小さな声で続けた。言ってから恥ずかしくなってしまったのか、顔が真っ赤だ。細い指先が震えている。

「え………？」

恭介は相変わらずぽかんとしたまま、邑子を見ている。あまりにも見つめられすぎたからだろう、邑子の顔は活火山の溶岩くらい赤い。

どうする、恭介。お前がずっと夢見てきた瞬間が、今ようやくやってきたんだぞ。

それなのに、びっくりしすぎたせいかなにも言葉が出ないらしい。

オレは恭介の頬に猫パンチした。

「いてっ」

恭介はオレの手を掴んで、それからそっとオレを地面に下ろす。

「俺はその……邑子さんのことが好きで、正直、邑子さんが振り向いてくれなかったとしても、好きなのは変わりないって思っていて。俺にとって邑子さんは高嶺の花だから、報われないいんじゃないかって思っていて……」

カッコ悪いなぁ。もっとシャキッとしたいい返事はできないのか。

「あの、もう一回言ってもらっていいですか……？」

「もう……言いません」

「ああああごめんなさいっ！　嬉しくってつい！」

静かに自分から目を逸らす邑子に、恭介は平謝りする。

「俺はずっと前から決めています。俺には、邑子さんしかいないって」

そう言っていつものように元気な笑顔を見せると、恭介は邑子に右手を差し出した。

「もう一度、俺に告白させてください」

「え？」

邑子はまた恭介を見る。

「俺は絶対に、邑子さんを大切にします。一度取ったら、絶対にその綺麗な手を離しません。だから、俺と付き合ってください」

　恭介は手を差し出したまま頭を下げた。恭介はぎゅっと強く瞼を閉じていて、面白いくらい緊張していた。差し出した手に桜の花びらが乗る。

　恭介の手に乗った花びらをそっと指先で拾い上げると、邑子はゆっくりと恭介の手を握り返した。

「……絶対、離さないでください」

　その瞬間、恭介はパッと顔を上げて邑子の手を両手で包み込む。

「はいっ……！」

　恭介はオレを見て、嬉しそうにだらしのない笑顔を向けた。

　バカだ。本当に、バカだな。

　オレはくくっと笑うと、恭介もへへと笑っていた。

　よかったな、恭介。だから言っただろ。ほとんどの人間が、自分自身で願いを叶える力を持っているって。

　恭介はもう十分、そのことを理解しているだろう。これから先も、きっとその力が試される。今ようやく、スタート地点にふたりで立っただけだ。

　ふたりが鳥居をくぐり神社をあとにすると、社の後ろに隠れていたふたりがようやく顔を覗かせた。肩に乗った桜の花びらを手で払い、恭介たちが歩いていった方をぼんやりと目で追っている。

どうやら、杏子の願いは叶いそうにないらしい。

杏子は少し泣きそうな顔で笑った。

「お姉ちゃん、ようやく告白したんだ」

「邑子さん、やっぱりそうだったんだな」

ふたりとも、薄々なにかを感じていたのだろう。ふたりの恋の結末に、妙に納得し
ている様子に見えた。

「何度か、恭介に告白しようかなって考えた。でも……できないじゃん。なんだかん
だ言って、両想いのふたりなんだから」

ぽろ、と杏子の涙がこぼれる。一度こぼれたら止められないのか、ぽろぽろと流れ
落ちた。

「杏子は優しいんだな」

「なによ」

泣きながら怒る杏子を、隆弘が優しく抱きしめた。

「ずるい。失恋したときに優しくするなんて……」

しかし隆弘も簡単には杏子を離さなかった。

「……今だけだからね」

「十分だ」

隆弘の方が、恭介より男前だな。

オレはぐーっと身体を伸ばして、賽銭箱の横で丸まった。

舞い落ちる桜の花びらを見て、目を細める。

きょうはいい日だ。本当に、いい日だ。

＊＊＊

桜蕊(さくらしべ)降る頃。杏子はまた神社へやってきた。

オレにそっくりなキーホルダーがお気に入りなのか、いつもつけているらしい。

そっと賽銭を投げ入れて、手を合わせる。

ずいぶんと諦めの悪い女だな。恭介と邑子が想いを通わせる決定的瞬間を目撃したのに、まだ諦めないつもりか。横取りでもするつもりだろうか。

「恭介との恋はダメでも……恋は、諦めませんから」

杏子の願いが聞こえた。

人間っていう生き物は、本当にどうしようもない。笑っちゃうくらいくだらないことで、バカみたいにくよくよ悩んだり、傷ついたり、迷ったりする。でもオレは、意外と好きだ。そんな人間たちを見ているのは、たまらなく面白い。どうやらオレは、相当諦めの悪い奴が好きみたいだ。

——リン。


「おい、そこのお前」

「……え？」

突然しゃべりかけたオレを見て、杏子は目を見開いた。

「さぁ、願いを言え。そして、自分で叶えろ」

ことりの古民家ごはん
小さな島のはじっこでお店をはじめました
如月つばさ
Tsubasa Kisaragi
嬉しいときも悲しいときも、
いつもそばには
美味しいごはん。
都会に佇む弁当屋で働くことり。家庭環境が原因で、人付き合いが苦手な彼女はある理由から、母の住む島に引っ越した。コバルトブルーの海に浮かぶ自然豊かな地――そこでことりは縁あって古民家を改修し、ごはん屋さんを開くことに。お店の名は『ことりの台所』。青い鳥の看板が目印の、ほっと息をつける家のような場所。そんな理想を叶えようと、ことりは迷いながら進む。父との苦い記憶、母の葛藤、ことりの思い。これは美味しいごはんがそっと背中を押す、温かい再生の物語。
アルファポリス第7回ライト文芸大賞奨励賞作品
●定価：770円（10%税込）●Illustration：佳奈

女ふたり、
となり暮らし。

悩みなんて、
きみとまるっと
食べ尽くそう。

辺野夏子
Natsuko Heno

訳ありJKと
やさぐれOL、
壁一枚はさんだ
二人の
気ままな食卓。

なんとなく味気ない一人暮らしを続けてきたOLの京子（きょうこ）。ある夜、腹ペコでやさぐれながら帰宅すると、隣に住む女子高生の百合（ゆり）に呼び止められる。「あの、角煮が余っているんですけど」むしゃくしゃした勢いで一人では食べきれない材料を買ってしまったらしい。でも彼女は別に料理が好きなわけではないという。何か訳あり？　そう思いつつも角煮の誘惑には勝てず、夕飯を共にして——。クールな社会人女子と、実は激情家なJKのマリアージュが作り出す、愉快で美味な日常を召し上がれ。

定価：770円（10％税込）　ISBN：978-4-434-35143-3

イラスト：シライシユウコ

この作品に対する皆様のご意見・ご感想をお待ちしております。

おハガキ・お手紙は以下の宛先にお送りください。

【宛先】

〒150-6019 東京都渋谷区恵比寿4-20-3 恵比寿ｶﾞｰﾃﾞﾝﾌﾟﾚｲｽﾀﾜｰ 19F
（株）アルファポリス　書籍感想係

メールフォームでのご意見・ご感想は右のＱＲコードから、
あるいは以下のワードで検索をかけてください。

ご感想はこちらから

アルファポリス文庫

猫神様（ねこがみさま）が恋心（こいごころ）預（あず）かります

フドワーリ野土香（ふどわーりのどか）

2025年 4月30日初版発行

編　集－若山大朗・今井太一・宮田可南子
編集長－太田鉄平
発行者－梶本雄介
発行所－株式会社アルファポリス
〒150-6019 東京都渋谷区恵比寿4-20-3 恵比寿ｶﾞｰﾃﾞﾝﾌﾟﾚｲｽﾀﾜｰ19F
TEL 03-6277-1601（営業）　03-6277-1602（編集）
URL https://www.alphapolis.co.jp/
発売元－株式会社星雲社（共同出版社・流通責任出版社）
〒112-0005 東京都文京区水道1-3-30
TEL 03-3868-3275
装丁イラスト－ふすい
装丁デザイン－AFTERGLOW
印刷－中央精版印刷株式会社

ISBN978-4-434-35505-9 C0193